戯曲

# 福島三部作

谷賢一

第一部「1961年：夜に昇る太陽」

第二部「1986年：メビウスの輪」

第三部「2011年：語られたがる言葉たち」

而立書房

装幀　ウザワリカ

目次

# 第一部

# 1961

# 夜に昇る太陽

*1

## 登場人物

**孝**　穂積孝《ほづみたかし》。22歳。東京の大学に通っているが、故郷・双葉町に帰郷する。

**忠**　穂積忠《ただし》。19歳。孝の弟。町の青年団の青年部長。高卒。後に第二部の主人公となる。

**真**　穂積真《まこと》。3歳。孝と忠の弟。観察と描写に秀でた子ども。後に第三部の主人公となる。

**豊**　穂積豊《とよ》。40歳。孝たちの母。夫の名は一《はじめ》。（鳥や犬も演じる）

**正**　穂積正《ただし》。65歳。孝たちの祖父。農家。

**美弥**　19歳。孝を慕っている。忠の学友。（子ども2＝ブウも演じる）

**先生**　佐伯正治《まさはる》。30代。孝が常磐線車内で出会う男。（子ども1＝ハカセも演じる）

**三上**　三上昭子《あきこ》。20代。佐伯に同行する女。（子ども3＝無個性も演じる）

**田中**　田中清太郎。40代。双葉町の町長。田中建設社長。（その息子、宏も演じる）

**酒井**　酒井信夫。30代。町中をうろつく山高帽の謎の男[*2]。

その他に車掌（アナウンス）、乗客たち、女学生、その父など、第一景の人々。

第九景に声のみ登場する議員。

## 場所・時代

場所は、基本的には福島県双葉町。ただし冒頭・第一景は国鉄・常磐線のホームおよび車内、第九景は東京の料亭。時代は1961年10月17日から19日の間、双葉町議会が原発誘致を決定する数日前の数日間（ただし第0景および第十景は2011年の秋頃）。

# 第０景　古い段ボール箱、古びた大黒柱

舞台上には椅子などが散乱し、荒廃した様子。その真ん中に古い段ボール箱が一つ、置かれている。
開演時間になると、タイベックスーツを着てマスクをし、ゴーグルをかけた男が現れ、大事そうに箱を持ち上げる。日に焼けてボロボロになった郵送札の文字に気が付き、それを読み上げる。

**マスクをした男**　１９６１年……。

## 第一景　常磐《じょうばん》線、上野発急行列車

遠く汽笛の音、近づく機関車の音、そして駅ホームのアナウンスが聞こえる。

**アナウンス**　8番線ホーム……列車が参ります……8番線ホーム……急行、青森行き……白線の内側……広くお開けになってお待ち下さい……

蒸気機関車に引かれた八両編成の車両が、轟音を響かせつつホームに滑り込んでくる。一群の人混み現れる。孝、先生、三上、女学生、その他に無数の男女。洋装の者もあれば和装の者もあり、大きな風呂敷荷物を背負った行商の姿もある。*3

一群の人々、汽車に乗り込み、満員列車の体を成す。音楽が流れる。上野からしばらくはまだ人も多い。押し合いへし合い、荷物を運び、席を奪い、煙草を吸い、新聞を広げ……。

♪音楽『この道』が流れる。「この道は、いつか来た道……」[*4]

駅はどんどん、飛ぶように過ぎて行き、人は一人、また一人と下車して行く。上野……土浦……水戸……日立……湯元……そして最後に平《たいら》。[*5]

また字幕が表示され、音楽に合わせて切り替わっていく。以下、字幕。

舞台　国鉄・常磐線（冒頭のみ）、福島県・双葉町

時代　1961年10月17日から19日の間
　　　双葉町議会が原発誘致を決定する数日前

背景

1945年8月　広島・長崎に原爆投下

1953年8月　ソ連による世界初の水爆実験成功

1953年12月　アメリカ・アイゼンハワー大統領が原子力の平和利用に関して演説を行う

1954年3月　アメリカ初の水爆実験、第五福竜丸被曝

　同月　日本国会が原子力予算2億3500万円承認

1959年5月　東京オリンピック招致が決定

　同年　GNP前年比成長　17・5%増（戦後最大）

1960年6月　60年安保・30万人による国会前デモ
1960年7月　岸内閣総辞職　池田勇人内閣誕生
そして、1961年

**アナウンス**　間もなく、平ー。平ー。

この時点で残っている乗客は三人。そのうちの一人である女学生が平駅で列車を降り、迎えに来た父親らしき人影とホームで抱き合う。
孝はそんな光景を驚いたように見つめていたが、「先生」と目が合い、ばつが悪そうにうつむく。残った乗客はもはや二人。麻の背広に帽子姿の先生が、孝に話しかける。

**先生**　いいもんだね。故郷《ふるさと》があると言うのは。……見たかい、迎えに来た父親を、まるで百年の恋人にでも再会したかのように抱き締めて……。あれこそが幸せというものだ。
**孝**　わかるんですか？　彼女の気持ちが。
**先生**　わかる。
**孝**　あなたは彼女じゃない。
**先生**　いかにも。しかし君。――君は僕じゃない。僕に彼女の気持ちがわからないということが、どうしてわかる。

**孝**　それは……。

**先生**　ふむ。

**孝**　僕はあなたじゃない。だからあなたの気持ちはわからない。そしてあなたは彼女じゃない。だからあなたには彼女の気持ちはわからない。どうです？　僕の理屈は筋が通っているように思いますが。*6

**先生**　学生さんかい。さぞ君はモテないだろうな。……世の中はもう少し丸く、柔らかくできているんだ。四角四面に切り分けて見せちゃ、得意だろうが、つまらんぜ。差し詰め君の瞳には、この……車窓に広がる緑も風も、オヤ海が見えるね、あの海だって、原子と分子の塊にでも見えてんだ。――あれが小名浜《おなはま》かい。

**孝**　小名浜はもっと南です。あの辺りは、確か新舞子《しんまいこ》とか言う。

**先生**　僕にはわかるよ。あの女学生さんの感じた幸せが、手に取るように。

短い間。先生は海を見遣り、

**先生**　広いなあ。あれが君、アメリカまで続いているんだと思うと、おかしくないかい。地球が丸いなんて、よく考えたものだなあとつくづく感心する。

**孝**　地球が丸いというのは、誰かが考えたものではなく――、事実です。

**先生**　最初は誰かが考えたのさ。ガガーリンが実際に目で見て確かめたのはついこの前だ。[*7] それまでは誰かが、コペルニクスやニュートンやケプラーが想像して、この宇宙の地図を作ってきた。アインシュタインがこんなことを言っている。「想像力は知識よりも重要だ。知識には限界がある。想像力は世界よりも常に広い[*8]」。

**孝**　世界より広い？

**先生**　うん、そこのところの訳《やく》がなかなか難しいんだがね。encircle《えんさーくる》、取り囲むという言葉を使っている。つまり想像力が常に、世界を取り囲んでいる、人間の想像力は常に、世界よりもちょっとずつ外側に開いているわけだ。

（海を見遣り）こうして見えるのはあの水平線までだが、我々はその向こうにあるアメリカを想像できる。それどころか我々は、まだこの世の中にないものだって想像し、そして実現さえする。

**孝**　この世の中にないもの。

**先生**　例えばガガーリンの乗った宇宙船、ボストーク1号。あんなものはほんの一年前まではなかった。宇宙へ行く想像だけなら竹取物語の頃からずっとやってるが、想像したから実現したんだ。ジュール・ヴェルヌという小説家が端的にこう言ってるね。「人間が想像できることは、人間が必ず実現できる」。彼が想像したことはすべて実現した。世界一周、飛行機、

孝　宇宙旅行……。月面着陸はまだのようだが。

先生　そう遠くはないでしょうね。

孝　しかし本当に綺麗な海だ。僕の故郷にも海はあったが、こんなに広い海じゃあなかった。

先生　どちらですか。

孝　広島。

先生　あぁ……。すみません。

孝　君が謝ることなんかない。確かにあの日以来、何にも無くなっちまったが、最近じゃ駅前は建築ラッシュだ。つまり無や空白は、可能性でもあるというわけさ。日本《にっぽん》はこれから、どんどんよくなる。*9 ――東京にいたなら新宿の発展を見たろう。十年前までゴザ敷いた闇市だったのに、今じゃビル街だ。広島も、それからこの辺りもきっと、十年後にはビル街になってるかもしれないぜ。

先生　この辺りが、ですか？

孝　今は見ての通り田畑どころか、田畑すらないただの野っ原、海があるだけ、この辺りだって工業化が進む。この辺りに広がる常磐炭鉱、そこで取れた石炭を燃やして、工場が鉄を作る。その鉄でビルが立つ。東京と違って土地がまだ安いからね、コンビナートでも造船所でも何でも作れる。そこに地方の、つまりこれからの福島の強みがある。未来がある。

三上が入ってくる。スーツを着た若い女性。

**三上** お友達になったんですか。

**先生** あぁ。仲良くなった。

**三上** はじめまして。

**孝** はじめまして。

**先生** 彼は東大の理系に通ってるようだが、頭が随分四角い。少し僕がもんでやってたところさ。

**三上** 先生の講義、いかがでした？ 退屈しない？

**孝** いえ、とても、面白かったです。

**三上** そんなこと言ったら先生、お調子に乗るわよ。

**先生** 先生はやめろよ。

**三上** お話し相手になって下さって嬉しいわ。上野からこっち、ずーっと私が聞き役だったんだから。交代ね。

**先生** しかし彼、すぐ降りるかもしれんぜ。

**三上** どちらまで？

**孝** 僕は、双葉町まで。

**先生** おや。おんなじだ。

**孝**　おんなじ？　まさか。
**先生**　おんなじだよ。なぁ。
**三上**　えぇ。
**先生**　（孝の表情を見て）そんなに驚くことないだろう。
**孝**　いえ、本当に……。本当に何もない町なもので、人が来るなんて、滅多に。
**アナウンス**　次は、四ツ倉ー。四ツ倉ー。
**先生**　いよいよ海が近いな。

三人は海を眺める。

**三上**　今、十月よ。こんな時期に、どうして里帰りなんてなさるの？
**先生**　決まってるだろう。金の無心さ。
**孝**　違います。
**先生**　じゃあ落第の報告かね。安保反対、打倒岸内閣と言ってピケを張り、バリケードを固め、勇ましくデモを組み……、単位を落とした。
**孝**　その点については、多少、報告はあります。
**先生**　君もかい。あんな、くだらんもんに参加して。

**孝**　くだらないとは何です。三十万もの人が国会を包囲し、直接的に政治に声を上げた。これはつまり日本が本当の意味で民主主義国家として生まれ変わったことを象徴する……。

**先生**　やめ給え、その言い回し。どうせブントの先輩の猿真似だろう。

**孝**　参考には、していますが。

**先生**　君はじゃあ、ソ連に着くのかね。

**孝**　は？

**先生**　安保とは要は、そういうことだ。アメリカに着くか、ソ連に着くか、要はそこさ。ソ連と中国に挟まれて、日本がドミノ倒しに共産化しやしないか、アメリカは本気で警戒している。ベトナムの例だってあるからね。

**孝**　アメリカに着くとかソ連に着くとか、そんな話じゃあないように思いますが。

**先生**　そりゃあ君たちは岸憎しだけでやって来たからね。しかし実質的には、そうなんだ。日本はアメリカの同盟国、西側、資本主義陣営でやっていくと改めて世界に宣言した。しかし安保には素晴らしいメリットもある。何だと思う？

**孝**　……安全保障、

**先生**　違う。アメリカに基地を置いてもらえば防衛費が浮く。戦車や鉄砲に金を払わんで済むわけだ。その金で鉄道を敷く、高速道路を作る。つまり産業に投資する。ダムを作る、発電所を作る……。その方がどれだけ日本の復興と発展にとって役に立つか。[*10]

**孝**　それは、その通りかもしれません。

**先生**　急に素直になったな。どうしたね。

**孝**　……いえ、実はですね。僕は、

「ポオーッ」と突然警笛が鳴り、続いてゴオッという轟音、周囲が真っ暗になる。汽車がトンネルに入ったのだ。

以下全員、少し声を大きくして喋る。

**三上**　キャッ！

**先生**　ただのトンネルだ。キャはないだろう、キャは。

**三上**　だって、真っ暗ですよ？

**先生**　走るのは汽車であって我々じゃない、明かりなんかいらんさ。――それより君、何か言いかけたな？

**孝**　はい。

**先生**　聞かせてくれ。

**孝**　……実は、僕は、

**先生**　聞こえないぞ！

**孝**　（東北訛りで）……僕は！　もう家には帰らないと、そう言うために、今から家に帰んです。
僕は福島には戻らない！

**先生**　ほーう！

**孝**　先生はさっき、ここにもビルが立つなんて言いましたが、あり得ない。ここいらは、東北のチベット[*11]なんて言われます。何もねぇんです。昔の言葉に、白河以北一山百文《しらかわいほくひとやまひゃくもん》[*12]という言い方もあります。この辺の山は価値がねぇから、売っても百文にしかならねぇと、そういう意味です。何もねぇんです。

**先生**　これから変わっていくよ！

**孝**　変わるわけねぇ！　お先真っ暗どこじゃねぇ、今も真っ暗、ずーっと真っ暗だった。野菜がちぃっとばかし採れるだけで、あとはなんもねぇ。稼ぎが少ねぇから、町の男はみんな冬んなると出稼ぎに出る。家にいなぐなる。うちの親父も常磐炭鉱さ潜ってます。何もねぇんです。工場一つねぇ。農家が嫌なら町役場か郵便局しか勤め先ねぇ。特産品一つねぇし、城一つねぇから観光地にもならねぇ。

**先生**　鶴ケ城《つるがじょう》があるじゃないか！

**孝**　ありゃ会津のだ！　ここいら浜通りと会津とは別の国です。戊辰《ぼしん》戦争のときにはお互い鉄砲かついで戦ってんだ、一緒にすんでねぇ[*13]！

**先生**　悪かった！

**三上**　おうちは農家なの？
**孝**　そうです！
**三上**　ちなみに、ご長男？
**孝**　長男です！
**三上**　農家を継ぐのは、嫌？
**孝**　絶対に、絶対に、ぜってぇーに、嫌《や》んだ！　なして東大で物理学の学士号さとって、町さ戻ってキュウリだのインゲンだの作んねぇといけね！　俺は科学がやりてぇんだ。物理の続きがやりてんだ。まだ入り口しか知らねぇのにやめだくねぇ。あんな町戻って小さい畑ほじくりながら死んできたくねぇ！　でっけえもんのために働きてぇ！
**先生**　何だって？
**孝**　俺は、もっと、でっけえもんのために働きてぇ！
**先生**　あー？
**孝**　俺は、日本の、未来のために働きてぇんだ！
**先生**　えー？
**孝**　んだから俺は、
**三上**　先生、聞こえてるでしょ。意地悪しちゃダメよ。
**孝**　なっ……、おちょくったんならおめ、承知しねぇぞ！

明るくなる。トンネルを出たのだ。
孝は立ち上がり、憤怒の形相である。それを先生と三上はニヤニヤと見ている。

**先生** お疲れ様。いい演説だった。
**孝** こなくそ。
**三上** ずいぶん嫌いなのね、実家のこと。
**孝** 嫌い、じゃねぇよ。
**三上** だって、酷《ひど》い言いよう……。
**孝** うまぐ言えねぇけど、嫌いでねぇ。好きでもねぇけど。
**三上** 私は好きよ。こういう、自然の多いところって素敵。
**孝** 暮らしてみてから言え。虫だらけですぐ嫌んなるぞ。
**三上** えっ。虫とか出るの。
**孝** おめ、田舎なめてっぺ。
**先生** ——ふるさとは、遠きにありて思ふもの。そして悲しく歌ふもの。
**孝** 室生犀星《むろうさいせい》。
**先生** 理系なのによくわかったな。素晴らしい。

孝　常識だ。

先生　それじゃあこの歌の、意味が言えるかい。

孝　意味？

先生　意味さ。これは、どういう思いを歌った歌だ、答えてご覧。……ふるさとは、遠きにありて思ふもの。そして悲しく歌ふもの。よしやうらぶれて異土《いど》の乞食《かたい》となるとても、帰るところにあるまじや……。

孝　……故郷は、遠くにあって、思い出したり、悲しい気持ちで、歌ったり、する、ものだなあ。

先生　違うな。しかし大半の日本人が、この歌の意味を正反対に勘違いしている。これは郷愁、つまり故郷《ふるさと》に思いを馳せる歌だと思われているだろう？　逆なんだ。これは故郷への、恨み節の歌なんだよ。

孝　それじゃあ、……どういう意味です。

先生　とことん砕いて現代語訳すれば、こうなる。……ふるさとは、遠くにあるからこそいいもんだ。悲しげに歌に詠んだりするのにもいいもんだ。ただし。絶対に帰っちゃいかん。金がなくても我慢しろ。都会で悲しく思い出すからこそ、故郷は美しい。

三上　何て身も蓋もない歌かしら。

先生　これは室生犀星が実家に帰って金を借りようとして、断られてね、その怒りにまかせて詠んだ句だと言われている。

孝　僕にはよくわかります。
先生　わかるかい。
孝　東京にいっと、懐かしく思い出すんです。だけんちょ、いざ実家さ帰っと、すーぐ出て行きてぇと思うんです。思い出す故郷と、帰って過ごす故郷は、やっぱ違《ちが》う。
先生　（笑って）何となくわかるよ、その気持ち。ただ……。
孝　ただ？
先生　それでも、故郷があるというのは、素晴らしいもんなんだよ。

♪音楽『ふるさと』が流れ、それがブリッジとなる。「兎追いし、かの山」……。

## 第二景　野っ原・昼、木が立ってる

ブリッジの曲が流れている間に、字幕が表示される。

福島県双葉郡　双葉町
人口　７１１７人（１９６０年当時）
主な産業　農業、漁業、塩田業（ただしすでに下火）
人口は当時すでに減少傾向にあり、第一次産業従業者が約7割。工業は振るわず20人以下の規模の工場が町内に10程度あるのみ。大半が兼業（出稼ぎ）農家であった。

ブリッジの曲が下がり、明かりが入ると駅前の野っ原。真が汽車の到着を待っている。以下、子ども達は人形で表現される。ひょっこりひょうたん島を思い出して欲しい。ちなみに私は本気でこのト書きを書いている。

**真**　まだがな、まだがな。きっとまだだな。随分と遅いから、もう来たっていい頃だけど、来ないってことはつまり、まだだってことだべ。そろそろかな？　いや、まだまだだな。だって蒸気機関車って、とっても大きくて、すっごくうるせえもんな。常磐線で採用されている蒸気機関車は通称Ｃ62、最大出力２１６３馬力、最高運転速度は時速１００キロにも達するというとっても大きい機関車だから、すっごくうるせえもんな。音がするはずだ、機関車来たら。耳澄ましてみっぺ。

あれっ！　まさか、あの声は……！

宏と子ども１・２・３（ハカセ、ブウ、無個性）が現れる。

♪音楽『赤胴鈴之助』を歌いつつ。「剣をとっては日本一に、夢は大きな少年剣士」……。

**宏**　貴様、ここで何してる！

**子供ら**　何してる！

**真**　何もしてね！

**ハカセ**　じゃあ君は、息もしていないのですか？

**ブウ**　生きてないのかよ。

**無個性**　おい。

**真**　何もしてね！　何もしてねえということをしてる。待ってる。

**宏**　ムムッ、怪しいべ。ハカセ、取り調べだっ。

**ハカセ**　カシコマリマシタッ！

**真**　宏くんたちこそ、何してんだ。

**宏**　極秘捜査の真っ最中だ。おめみてなガキに、教えられっか。

**ブウ**　そうだブウ。ぼくたちが、謎の男を探してることなんて、絶対にヒミツだブウ。

**真**　謎の男？

**ブウ**　あっ！　しまった！

**宏**　バカ野郎！　俺たちが今、町中で目撃されている山高帽をかぶった謎の男を見つけ出し、やっつけてやろうとしていることが、バレちまうべ！

**真**　山高帽の男？

**宏**　あっ！　しまった！

**ハカセ**　その男はな、リュックサックを背負って、杖をついてな、いかにも登山客のようなフリをしてはいるけれど、きっと悪の組織の手先だってワレワレは推理してるんだということは、絶対にヒミツであります！

**真**　悪の組織の手先？

ハカセ　あっ！　しまったであります！

宏　こ、こうなった以上は、真。貴様には、死んでもらう！

真　えっ！　どうしてさ！　死は代償として、重すぎやしないかい。

宏　くらえっ。赤胴、真空斬りッ。

ハカセ　説明しよう！　赤胴、真空斬りとは、剣を使わずに相手を切り裂く、カマイタチの原理を応用した必殺の技なのであーります！

宏　てやーっ！

宏がカッコいいポーズを取ると、ブウが「ビュオオオオ」とか効果音を入れ、無個性が直接打撃で真を殴る。真は倒れる。

真　いてっ。

宏　決まった！

子供ら　♪おう！　がんばれ　頼むぞ　僕らの仲間！　赤胴鈴之助！

真　ズルっこだ、そんなの！

宏　何っ。

真　だって、直接殴った！　ズルっこだ！

宏　俺様のことをズルっこたぁ、聞き捨てなんねぇ。お前ら、やっちまえ！
子供ら　おーう！

宏と子ども1〜3は真をボコボコにする。昭和の漫画風に砂埃が出てポカポカやる感じになると理想的だが、どうしたらいいのかわからない。

宏　思い知ったか。これぞ赤胴、回転斬り！
子供ら　♪おう！　がんばれ　頼むぞ　僕らの仲間！　赤胴鈴之助！
真　どこがだ。ちっとも回転、してなかったべ。
宏　何だとぉ。まだ痛い目、見たりねぇってのか！
ハカセ　ここで何をしていたのか、正直に言うであります！
ブウ　そうだブウ。
真　何もしてないやい。ただ、孝兄ちゃんを待ってたんだい。
宏　孝ィ？　あの、おめえんちのあの、穀潰《ごくつぶ》しか。
真　穀潰しって何だ。
宏　知るかっ。ロクデナシの兄弟分だッ。
真　違えや。孝兄ちゃんはすげえんだ。東京の大学さ通ってんだ。この町で一番頭いんだ。

宏　頭いい奴は大学なんか行がね！　大学はな、バカがバカを治すために行くとこだ。違えや。孝兄ちゃんはすげえんだ。東京で、ジャズ聴いてんだ。ゴーゴーだって踊ってんだ。ドドンパだって踊ってんだ。末は博士か大臣なんだ。お前んちの父ちゃんは町長さんかもしれねぇけど、孝兄ちゃんはそれ以上の権力を手にして、貴様らを握り潰してくれる。

宏　親父をバカにすると許さねぇぞッ！　喰らえ、赤胴二段切り！

真　あーん！　あーん！

宏　これでもか、赤胴、真空、回転、二段切りッ！

真　あーん！　あーん！　や、ヤメテよ、宏くんっ！

そこに母・豊が現れる。

豊は等身大の人間が演じるため、子どもたちとの対比で、巨人が登場したように見える。

豊　こらーっ！　おめだち、何やってんだ！

宏　やべっ。真んちのババアだ！

豊　真のこといじめる奴ぁ、承知しねぞぉ！

豊は子ども1・2・3をちぎっては投げ、床に叩きつけ、壁にぶちのめす。ブウの首が飛んだり、客席に投げ捨てられたり、阿鼻叫喚《あびきょうかん》地獄となる。

**豊**　おめは、田中さんとこのお坊っちゃんでねぇか。町長さんとこの息子が、いじめだなんて、恥ずかしくねぇのか。

**宏**　オレぁ、いじめてなんかいねえよ。

豊は宏を摑み上げ、往復ビンタを食らわす。

**宏**　ご、ごめんなさい……。

**豊**　でぇでぇ今、町ん中に不審者が出るっつって騒ぎになってんだ。子どもらだけで出歩いてたら危ねえかんな。

**真**　山高帽の男！

**宏**　おばさん、なしてその話を。

**豊**　え？　回覧板さ書いてあった。登山客風の不審な男が目撃されてっから、気ぃつけろって。

**ハカセ**　噂は本当だったんであります！

**ブウ**　こうしちゃいられないブウ！

**無個性**　おう！

宏　よし、行くべ！　『少年探偵団』のテーマだ！

子供ら　♪ぼ　ぼ　ぼくらは少年探偵団！

宏たちは歌いながら立ち去る。*14

豊　怖ぇ思いしたな。（腰にぶら下げた干し柿を一つ千切って差し出しながら）ほれ、干し柿食べっか。干し柿。*15

真　うん。

豊　ったぐ、田中さんとこのやろめっこはどうしようもねぇな。おめも黙って外ほっつき歩ってっと、天狗《てんぐ》に取られて山さ連れてかれっぞ！

真　僕、お兄ちゃんを迎えに、

豊　あれな、宏くんな。田中さんち、夫婦喧嘩してお母さん棚倉の方の実家さ戻っちまったって話だから、そんで宏くんも苛々《いらいら》してんだ。

真　そうなの。

豊　んだ。あそこの奥さんは元々実家が地主で気位が高《たげ》ぇっつーか、昔はお公家《くげ》様みでな暮らししてたって噂だからよ、いぐら町長で建設会社の社長っつっても気に入らねんだ。

真　そうなの。

豊　あとさっきのあのメガネの子、菅野さんとこの息子さんだべ。ありゃどうもあそこんちの子じゃねぇらしいな。
真　そうなの！
豊　それからあのブダみてえな子とは付き合っちゃなんねえ。あそこんちは父様も爺様も酷い酒飲みでな、
真　もういい、やめて、おっかあ。
豊　あの子がブダみてえなのもありゃ食い過ぎじゃなくて何かの病気だって話だし、
真　もういい！
豊　一番よぐねえのがあのブダのおっかさん。あれがとんだ……。
真　あっ。この、大地を震わす振動は、間違いない！
豊　何。
真　国鉄蒸気機関車C62型が、兄ちゃんを乗せてやって来た！

蒸気機関車の轟音。ホームに滑り込んできた様子が伺える。

真　（大きく手を振って）おーい！　ここだ、こ
こー！　ここだよー！
豊　何だべ孝ったらあの子、二人も人連れて。ちっと見ね顔だな。

真　東京のお友達じゃない？
豊　怪しいな。真、話し掛けたりすんじゃねえぞ。

孝が先導し、続いて先生と三上も現れる。

孝　ただいま。
豊　（孝は無視して）こりゃどうも、孝が大変お世話になりまして。
先生　あぁ、いえ。
豊　孝の母でごぜえやす。（孝に）孝！　ほれおめ、ちゃんと紹介しろ。
三上　汽車で一緒になりまして。この町のこと、いろいろ教えてもらってたんです。
豊　あらやだ。あだしてっきり、大学の先生かとばっかり。んぢゃ、こぢらへはお仕事で……？
先生　ええ、まぁ。
豊　しばらくご滞在に？
孝　やめろよ、母さん。
先生　まぁ、二日か、三日。
豊　宿は？　どうなさるおづもりで？　宿屋も何もねぇからな、ここ。うぢでよかったら、離れの六畳が空いてますよぉ。

孝　心配いらないよ。田中さんのところのお客だって。
豊　あら！　田中さんってあの、社長さんで町長さんの？　なら大丈夫だ！　田中さんち、広いかんね。やだない、お母さんったら、余計な心配しぢまって。もう。
孝　本当だよ。
豊　何もねぇ町ですから退屈すっと思うけんちょも、ゆっくりしてってなぁ。（干し柿を渡しながら）あ、これ、干し柿。
先生　失礼。海は……、あちらの方角で間違いない？
豊　えぇ。そうですそうです。この道まっつぐ行くと、郵便局があって、国道越えて病院があって、あとずーっと何もなぐて、海です。
先生　となると、田中さんのお宅は、あっち？
豊　そうですそうです。国道ぶつかったら左さ折れて、しばらく行くと今度は県道さぶつかりますからそこを右さ折れれば、
先生　両竹《もろたけ》。……前田川の流れてる辺り。
豊　そうです。……だっけ？　あんなもん私ら、ただ川、川としか言わねえから。前田川で合ってたっけ？
三上　佐伯さん。少し汽車が遅れましたから、田中さんにお電話入れておきましょうか。
先生　いや、いい。歩けば十分かからないから、行った方が早いよ。

豊　詳しんだなぁ、この辺のこと。
先生　あぁ。まぁ、仕事ですから。それに好きなんですよ、出張なんかでね、着く前にじっくり地図を読んで、その町のことをあれこれ、想像したりするのが。
豊　へぇ。
先生　それじゃあ孝くん……、だったかな。また会おう。
孝　はい。あの、お邪魔でなかったら、お時間のあるときに田中さんのお宅まで伺っても？
先生　あぁ、いや。こっちから行くよ。住所は？
孝　細谷《ほそや》、大字《おおあざ》、樅木沢《もみのきざわ》……。
先生　あぁ。あの辺りか。なら必ず行くよ。
孝　はい。
先生　近くに飛行場があっただろう。軍の。
孝　長者ケ原《ちょうじゃがはら》ですか。[*16]ハイ。ただ、隣町ですし、今は塩田になってますから、見に来ても面白いもんはないですよ。
先生　海が近いはずだ。
孝　そうです。是非、いらして下さい。
先生　必ず行くよ。じゃあ、また。

先生と三上は立ち去る。豊は心配らしく、それを少し追い掛けて行く。

**豊**　国道、わかります？　ここをまっつぐ行ってね、

**先生**　あ、わかります。

**豊**　道なんて一本しかねぇから、まず迷わねぇと思うけど、郵便局があってね、

**先生**　はい、覚えてます。

声は遠ざかる。
次の孝と真の会話の間に、風景はゆっくりと暮れていく。

**真**　ばーん！

**孝**　おっ。真！　……でっかくなったな。

**真**　ズバーッ。

**孝**　何だ、それは。

**真**　赤胴、真空斬り。

**孝**　やられたー。

**真**　お土産あんの。

孝　ん？

真　お土産。

孝　ある。……と、言いてぇとごだが、慌てて出たもんで、買う時間なくって……。

真　兄ちゃん！

孝　東京さ帰ったら何か送っから。

真　嫌んだ！　だって兄ちゃんは、忠兄ちゃんと違って遊んでもぐれねし、そのくせ自分は東京で遊んでばっかいるし、だけんちょ俺は兄ちゃんのせいで宏くんらに穀潰しの弟っていじめられでるし……。

孝　わがった。じゃあ、土産話だ。

真　つまんね。

孝　そんなことないぞ。真。ほら、もう暗くなってきたろ。そろそろ夕焼け小焼けの時間だな。

真　五時になったら流れんだ。

孝　んだ。んだけどな、東京じゃ五時に夕焼け小焼けは流れねえ。何でだと思う？

真　夜が来ねえのか

孝　当たりだ。そう。東京には夜が来ねえ。……いや、夜は来んだが、夜中中明るくって、一晩中起きてられる。自動車なんかおめ、一台や二台じゃねぇがら、自動車のライトだけで道が明るいくれえだ。どこさ行っても明るいから、足滑らせて田んぼさ落ちたり、崖から落っこちたりしねえ。
しかも街中、あちこちで音楽が流れてる。それもおめえ、じさまの下手ぐそな民謡だのばさまの不気味な三味線だのじゃね。歌謡曲だの、ポップスだの、ジャズだの、ウキウキするもんが流れでる。

真　それってどんな音楽？

孝　今度たっぷり聴かせてやる。明るくって、楽しくて、思わず踊り出しちまうような不思議なもんだ。
　夜中でも店が開いてる。んだからいつでも好きなもんが食える。ハンバーグだのスパゲティだのピザだの、外国の食い物が食えんだぞ。……テレビもある。わざわざ田中さんとこや中川さんとこに頭さ下げて見させてもらうこだねぇ、街角にいくらでも電気屋あっからタダで見れる。しかもおめ、テレビっつったら東京じゃもうカラーだ。

真　カラーって何。

孝　色ついてんだ。大鵬《たいほう》が真っ赤な顔して、柏戸《かしわど》をぶん投げてる絵が色付きで見れんだ。[*17]

真　巨人、大鵬、卵焼き！

孝　んだ、巨人軍のオレンジも、卵焼きの黄色も色付きで見れる。……東京には色が多い。田舎はみんな茶色と緑ばっかだべ？　東京には赤や黄色やオレンジや、不思議な青や宝石みたいな緑色が溢れてる。街中みんな、映画のスターさんが着てるよな服着て普通にそこいら歩ってんだ。

**真**　大鵬も歩いてる？

真　大鵬だって、東京のどっかは歩いてっぺ。

**孝**　じゃあ大鵬と会える？

**真**　会える。ただ田舎と違って何百万と人がいっがら、頑張って歩がねとな。東京は広いから、歩っても歩ってもどこまでも続いてる。そんで、どこもキラキラ光ってんだ。

**孝**　うちから見える、海みてえだな。

**真**　あぁそうだ。だが違《ちが》。海は広いし、キラキラしてっけども……、何もねぇべ？　東京は逆でな、何でもあんだ。

**豊**　（離れて）孝ー。何してんだ、帰っかんなー。

またしても音楽がブリッジになる。

♪セロニアス・モンクのジャズ曲、『These Foolish Things (Remind Me of You)』など。

ブリッジの曲が流れている間に、字幕が表示される。

当時の東京都

人口　993万5657人

サラリーマンの平均月収　2万21円
かけそば一杯　40円　銭湯　17円　映画館　200円
ヒット曲『上を向いて歩こう』『スーダラ節』『銀座の恋の物語』『王将』『コーヒールンバ』

## 第三景　実家・夜、大黒柱

穂積家の夕食。正、孝、真と豊の姿。食卓にはご飯とお汁の他に、白菜の漬物と小魚の佃煮《つくだに》など、非常に質素。ライトがカットインし、会話の途中からこの場面は始まる。

**正**　ならねえもんは、ならねえ。

**孝**　じいちゃん。

**正**　なんね。

**孝**　だけんちょ、

**正**　（色をなし）いい加減にしねがッ！　メシ食ってる最中にくっちゃべる奴あっか！

正は怒鳴り、食べていたご飯が飛ぶ。正はそっと拭くが、みんな気づいている。豊、慌てて、

豊　ごめんねえ、こんなんしかなくて。漬け物、味薄くねが？　佃煮、イナゴ[18]のもあっげど、食べっか？　あ、インゲンある！　インゲン！　インゲン、いいな！　喜代子さんがな、今朝持ってぎてくれたインゲン、茹《ゆ》でてね……。[19]

と豊が席を立とうとするが、孝、一気にご飯をかきこみ、

孝　ご馳走様です。
正　あぁ？
孝　食べ終わったから、話していい。
正　俺ぁもう言うこだねぇ。
孝　何も言わず聞いててくれればいい。
正　聞くごどもね。だいたい俺はおめの親父じゃねぇ。一《はじめ》の飯場《はんば》に手紙でも書いたらいいべ。
豊　インゲン食べっか？
孝　父さんに聞けば、じさまに聞けと言われるに決まってます。
正　おめがこの家、継がねば誰が継ぐ。
孝　(豊に) 忠《タダ》はどこです。[20]
豊　忠坊《ただぼう》は何だか、青年団のお役目とかで遅くなるって。人使い荒いんだぁ、青年団の平田さん。

**正**　青年団じゃねぇ。社会党だ。

**豊**　青年団でしょう。

**正**　何も知らねで。今、長塚の部会仕切ってる田村っつうのは、相馬や福島の社会党と昵懇《じっこん》でな。何だかわがんねけんちょも、おがしな新聞寄越したり署名持って回らせたり、若ぇ奴、社会党さ引っ張ろうとしてんだ[*21]。

**豊**　んなのが。忠《タダ》もあの子、何も言わねぇから……。

**正**　あいつはバカだ。どうしようもね。左翼の片棒担ぎやがって。

**孝**　家なら忠《タダ》が継げばいい。僕は継ぎません。

**正**　バカヤロが！　おめが決めることじゃねって、何遍言わせっだ！

**孝**　……僕が決めることです。

**正**　……だから言ったべ。東京の大学さ行ったって、何もいいこたねぇって。

**孝**　母さん。世話になりました。

**豊**　やめてよ。

**孝**　わがってた、どうせこうなるって。だけど僕は、許して欲しくって言うんでねぇ。僕は僕の自由にする。家なんか継がね。大体、継ぐほどのもんなんかねぇべ、畑か？　このボロ屋か？

**豊**　孝ッ。

正　ご馳走様。

正は箸を置く。

正　いいが。よーぐ聞げ、孝。俺は、「自由」って言葉が嫌いだ。日本《にっぽん》は戦争に負けた、んだけんちょも、だからして何もかもアメリカのごとくする必要はね。今じゃラジオも新聞も馬鹿の一つ覚えでそればっかし言うが、いいか。「自由」なんてのは、馬鹿のすることだ。何事にも腰の座らねえデラシネのすることだ。
　人間、一人じゃ生きらんね。助け合いだ。助け合わねで、どうすんだ。*22

孝　嘘だ。

正　何がだ。

孝　じいちゃんは俺を助けようとしでね。縛り付けて、殺そうとしてんだ。

正　そりゃおめの方だべ。おめが家なげちまったら、おめの母ちゃんはどうなる。おめの父ちゃんはどうなる。一《はじめ》は何のために苦労して出稼ぎして、炭鉱さ潜ってる。

孝　わかってるよ。

正　わがってね。一《はじめ》が二回も戦争に行ったのもみんな、おめ様のためだぞ。でなきゃ誰がこんな田舎からフィリピンだのグアムだのまで鉄砲担いで行ぐかね。みんなおめらのためだ。

孝　おめが大学なんか行かねえで働いてりゃ、一もおめの母ちゃんも、どんだけ楽だったか。

正　……仕送りはする。

孝　かーっ。言ってろ。ガキが。

正　研究室でお世話になってる佐藤先生という方が、良い口を紹介してくれるって。

孝　おめにはまだわかんねだろうけど、働ぐっつうのは容易なことでねぇ。働ぐっつうのは元々、傍《はた》を楽にするって言う。人様を楽にしてやる、そういう気持ちがあればこそ、朝もはよから土ほじって、夜も遅うまで縄が結《ゆ》える。東京で働ぐ。あぁ結構なこった、見栄えはええ。だけどな、孝、何のためだ？　おめは、何のためにはたらぐ？

正　……。

孝　本当に家族のためになりてと思うなら、ここさいろ。万が一東京で十倍稼げたってな、おめがここにいてぐれた方が一も豊も嬉しい、忠坊だって真だって嬉しいべ。俺もだ。わかっぺ、孝？　一が、おめのお父っつぁんが、毎年半分出稼ぎに出て、おめ、嬉しかったか？ありがてえと思うごとはあっても、嬉しかったか？

正　……僕は大学で学んだ科学の知識を生かして、東京で働きます。

孝　何のために？

正　日本の未来のために。

……これからは科学の時代です。科学技術が産業を躍進させ、雇用を産み、国際社会における競争力となります。欧米由来の知識や技術でなしに、日本独自の開発による技術や商品をこさえねば、日本はまた敗けます。今度は戦争ではなしに、経済で敗けます。

……じいちゃん。僕の知識があれば、東京の一流企業でだって働けんだ。

**正**　あぁんだが。そんなら好きにすりゃいいべ。出てけ。今食った飯、吐き出せ。ありゃおめのお父っつぁんが買ってくれた米だ。二度とツラ見せんな。

**豊**　お義父さん。

**忠**　ただいまっ。

忠の帰ってきた声。と同時に、こらえきれなくなった孝は座を立ち、出ていく。入れ違いに忠が入ってくるが、孝が通り過ぎた後で気がついて、

**忠**　あれっ。今、兄さんいた？

**正**　おめにもう兄さんはいね。

**忠**　えっ。……えっ？

♪音楽『青い山脈』。「若くあかるい歌声に、雪崩は消える、花も咲く」……。*23

## 第四景　広場・夜、点かない電灯

盆踊りなどに使われる、高台にある何もない広場。
孝が来ると、そこには美弥が来ている。

**孝**　美弥ちゃん。何してんだ、こんなとこで。
**美弥**　だって今日、帰ってくるっつったべした。
**孝**　だけんちょ。明日、会いに行くって言ったべ。
**美弥**　うん。んだけど今日、こごなら、もしかしたら来るかなって。
**孝**　んだが。
**美弥**　うん。
**孝**　寒かったべ。
**美弥**　んなごとね。

孝は美弥の隣に腰を下ろそうとするが、久々に会うので緊張してしまい、やや離れた場所に座り直す。

**孝**　いやしかし……。真っ暗だな。何も見えねぇ。

**美弥**　電灯、もう一年以上壊れでっがら。

**孝**　直さねど。

**美弥**　役場さ言ってもちっどもてぇつけてくんねって、しびれ切らして、今度青年団で直すって。忠くん、頑張ってんのよ。佐藤さんとこのヨシオさんが町出てっちまったから、俺が頑張んねっきゃなんねって。今年の盆踊りなんか、青年団代表で挨拶までしたんだから。

**孝**　ヨシオさん、出てっちまったのか。

**美弥**　あぁ、うん……。何か、親戚の人さ呼ばれたらしくってね。お父さんと一緒に、仙台さ行って工場開くんだって。だから電気屋さん、浪江《なみえ》まで出なきゃなんなくてなあ。そう！　ワタルくん結婚したのー。浪江からお嫁さんもらって。何かね、時計屋さんの娘さんで、買い物しただき一目惚れしたどか言って。本気なんかね。

孝は苛立ちを強める。

美弥　千代子ちゃんがね、孝さん、帰ってきたら会いたいって。何でも暮れに親戚の結婚式で東京さ行くだとかで不安だから、電車の乗り換えのこととか、デパートの入り方とか聞きたいって。デパートってあれ、入場券買うんだべ？　どっかで？　千代ちゃん、んなわけねぇみーんな入れるとが言うから、んなわけねぇべって言ってやったんだ。

孝　うんざりだ。

美弥　え？

孝　何か他に話題ねぇのが。誰が引っ越したとか結婚したとか、隣組の噂話ばっか……。

美弥　ねぇよ。

孝　んだが。

美弥　言いでぇことはみんな、手紙さ書いて送ってでっから。

孝は美弥の思いの純粋さに驚き、打たれる。二人の間に気まずい雰囲気が流れ、美弥は膝を抱えて俯《うつむ》く。

孝はそんな美弥を気遣い、自分から彼女の顔を覗き込んでやり、

孝　デパートに入場券はいらね。

美弥　んなの？
孝　誰でも入れる。エントランス・フリーだ。
美弥　エトランス？
孝　入場無料。だから、千代ちゃんには会わねぇ。
美弥　んだけど東京で迷ったりしねがな。
孝　しねぇべ。何でもでっかく看板に書いてあっがら。東京もんは冷てぇっつうけどそんなことねぇ。道も聞けばみんな教えてくれる。田舎もんの方がよっぽど冷てえ、頭は固ぇし頑固だし。
美弥　よかった。
孝　何だい。
美弥　元気そだね。

美弥は心から嬉しそうである。それを見て孝は逆にバツが悪くなり、頭の後ろに手を組んで地面に大の字に寝転がる。

美弥　ごめん。怒ってんのが？　やっぱ。
孝　ちが。

美弥　だけど、おら、やっぱり東京には……。
孝　(飛び起きて) だから、ちが。んじゃねぇ。だけんちょ……。
美弥　……?
孝　こんなに、静かだっけな。田舎って。
美弥　夏とか、秋の入り口はうるせえよ。蛙だの虫だの。だけど冬は、何の音もしねなぁ。そりゃそうだ。みんな寝てんもん。東京は夜中うるさいんでしょ? おらなんか行ったら、寝付けね。
孝　誰もいねぇみてだ。
美弥　おらたち以外は。
孝　いや。……俺たちも、いねみてな気がする。あんま静かで……。
美弥　東京さ行って、おかしなこと言うようになったなあ。孝くん。
孝　んだか。俺たちはいるか。
美弥　おらたちはいっがら。

そこに突然、声がする。
待ってましたの弟、忠だ。

忠　兄さん、ごめん、俺もいんだ。
孝　（驚いて）何だ、おめ。何してんだ。
忠　兄さんこそ何してんだ。聞いたぞ。おらこんな村イヤだおら東京さ行ぐだっ[*24]って、家飛び出しちまったって。バカこの、なして俺に相談しね。とりあえず、ほら、これ、綿入《わたい》れ持ってきてやったから。外は冷えっぺ。
孝　いらねぇ。
忠　いいからとっとけ。んで、寝るとこもねぇべって母さん心配してっから、今日はそこの消防団の倉庫で寝てけ。カギ、菅野さんとこ行って借りてきたから。菅野さんも心配してたし。
孝　何で知ってんだ。
忠　田舎だから。はぇえんだ。
孝　おめが喋ったんだべ。
忠　兄さんの言う仕事は、この町じゃできねぇのかい。
孝　無理に決まってっぺ。おめ、こんな、本屋一つねぇ町で。
忠　わかった。なら、家のことは俺に任せとけ。
孝　忠。話が早えーな。
忠　助かっぺ。
孝　助かる。

**忠**　俺もこの村はダメだと思ってる。

**孝**　……。

**忠**　あぁ、町だな。だけど慣れねくって。合併して広くはなったけんちょ、中身はおんなじだ。村のまんまだ。
　この村はダメだ。このままじゃダメだ。最近、青年団の繋がりで、いろんな人に会うんだけんども。遅れてるのに危機感がねぇ。東京じゃもうすぐオリンピックがある。東京と大阪を三時間で繋ぐ、弾丸特急[*25]ができる。同じ太平洋沿いでも京浜、中京、阪神工業地帯とは大違いだ。いくら土地があるっつっても、こんなど田舎に工場一つぽつんと作っても何もなんね。物流も悪いわ、出荷先も遠いわ、高速道路ができる様子もねぇし、差は広がる一方だろうって勉強会では言ってる。都会は都会になって、田舎はどんどん田舎になる。今、池田勇人《はやと》が所得倍増計画[*26]だとか抜かしてっけど、都会の人の話さ聞いてっと本当にそうなんのかもしんねって思う。だけんちょ、都会だけだ。この村は伸びね。そもそも伸びしろがね。伸ばし方もわかんねし、伸ばしてやろうって思ってる奴もいね。みんなどっか半分、諦めてる。
　んだけど、兄ちゃんは諦めてね。なら俺は、兄ちゃんを応援するよ。兄ちゃんは俺の二倍賢いかんな。俺の四倍くらい稼いで、じゃんじゃん仕送りしてくれっぺ。こっちじゃ頭使う仕事なんて町役場くらいだし、町役場の人も八割方、害獣駆除だの落石の処理だの、やってんのは畑仕事だ。兄ちゃんの頭脳を腐らせちゃいけね。こんな村から東京の大学行くなんて、めちゃんこすげえ。福島県から総理大臣が出るくらいすげえ。

孝はしばし、忠の言葉に圧倒される。

**忠** 何で真にお土産、買ってきてやんなかったんだよ。すねちまってんぞ、真。
**孝** 悪い。忙しくて。
**忠** 真、兄ちゃんのこと好きなんだ。いっつも兄ちゃんの話してる。そんなに会ったこともねぇはずなのに。やっぱあいつも、東京がいんだべな。
**孝** お前は違うだろ。
**忠** 俺は違《ちが》。俺は、この村が好きだ。……美弥ちゃんは好きがい？　この村。
**美弥** たまに好きだけど、でぇでぇ嫌い。
**忠** んだべなぁ。俺もだ。
**孝** ところでお前、何でそんな格好してんだ。
**忠** これか。
**孝** 植木屋のおっさんみてえじゃねぇか。
**忠** そうだ。植木屋やってたんだ、今日。

**孝**　何だい、それ。

**忠**　桜の木さ植えてたんだ。……お隣の富岡には夜《よ》ノ森《もり》の桜があっぺ。あれで春は観光客が押し寄せるし、何より住んでて楽しそうだべ。春んなる度《たんび》、あんな見事な桜が、歩いても歩いても続いてて、そんなとこ通勤通学したり、べこの散歩したりしたら楽しいべな。

**美弥**　楽しいなあ。

**忠**　この村には何もねぇからな。だけんちょ、桜の苗木はそう高くもねぇから、毎年ちょっとずつ植えてげば、見とげ。十年後には桜の公園ができて、五十年後には夜ノ森以上の桜並木ができて、百年後には東北一の桜の名所なってっかもしんね。*27
　俺はな、兄ちゃん。「バカこくな」と言われそうだけんちょも、この町を、日本一の観光地にしてえと思ってる。五十年後でいい。この町にたくさんの人が集まってる。そういうのを夢見てんだ。

**孝**　（笑いながら）無理に決まってっぺ。

**忠**　んだなぁ。無理だろなぁ。だけんちょも、俺は、この町好きだから……、夢ならいいべ。桜植えて難儀する人はいいね。
　さて、帰るわ。母さんも心配だしなあ。（孝を小突いて）あんまし迷惑かげんじゃねぇぞ、兄ちゃん。

**孝**　わかってる。

**忠**　これ鍵。んじゃな。

忠は立ち去る。

**孝**　おめも帰《けえ》らねえと。親父さんにどやされっぞ。

**美弥**　わかってる。帰《けえ》る。

しかし孝は帰らず、美弥も帰らない。

二人は並んで腰を下ろし、夜空を見上げる。

♪音楽『見上げてごらん夜の星を』がブリッジとなる。「見上げてごらん、夜の星を」……。*28

ブリッジの曲が流れている間に、字幕が表示される。

福島県の動き

1957年　福島県議会にて自民党議員が原発誘致を提唱

1958年　商工労働部開発課による調査研究を開始

1960年　福島県庁、日本原子力産業会議に加盟

企画開発部主査・酒井信夫が用地調査開始

東京電力と共同でボーリング調査に着手

そして、1961年……。

## 第五景　野っ原・昼、山高帽を捕まえろ！

「コケコッコー！」「ちゅんちゅんちゅんちゅんちゅんちゅん、ちゅんちゅんちゅん……」
日が昇り、鶏が鳴いてスズメが飛んだ。そんなことも人形劇ならば完全に上演可能である。
一本の木が立っている、二景と同じ駅前の例の広場だ。

**ハカセ**　ワタクシの調べによれば、と、いうわけなんであります！　真くん！

**真**　ハカセ！　僕は君を、見損なった！

真はハカセをポカリと殴る。

**ハカセ**　あいたっ。

**真**　卑劣だ。卑劣だべ、ハカセくんは。そんな、根も葉もねえ噂立てて……。

**ハカセ**　真くん！

**真**　田舎に真実はねえんだ。噂だけが世間を構成してゆく。そして世間こそが、事実なんだ。

**ハカセ**　噂ではなく、この目で見たのであります！

**真**　そんなら君はッ！　あの悪の手先と噂されている謎の男、山高帽が、昨日、宏くんちさ入っていくのを見掛けたどころか、今朝も宏くんちから出てきたのを見たと、そう言うのか！

**ハカセ**　僕のこの眼鏡に曇りがなければ、その通りッ！

**真**　ばかやろう！

真はハカセをポカリと殴る。

**ハカセ**　あいたっ。

**真**　そんなら君はッ！　――宏くんのお父つぁん、町長自ら、あの怪しい山高帽をかくまっていると、そう言うのが！

**ハカセ**　僕は、真くん、自分がどれほど危険なことを言ってるか、真くん、わかって口にしているる、真くん、つもりだよ真くん。疑うなら真くん、君の目で真くん、確かめてくれ真くん！

**真**　いいんだね、ハカセ。後戻りは、きかねど！

ハカセ　僕だって噂でなく、真実が知りたい。ハカセのあだ名は、伊達じゃないさ！

♪音楽『少年探偵団』を歌いつつ、少年たちはあっという間に移動する。
そこは田中家、つまり宏の実家。豪邸なので当然、犬がいる。

犬　ばうわうだべ、ばうわうだべ。

真　犬だ！

ハカセ　気をつけるであります！　ワタクシの調べによれば、つい先週、農協の職員が太腿《ふともも》の肉を食いちぎられているであります。漁師の甚八さんに小指がないのはこの犬のせいだという噂もあるであります！

真　素早さでは犬には勝てね！　ハカセ、ここは二手に別れて、

いきなり田中が現れる。

田中　なじょしてんだ、おめたち。わいわいがやがやと、うっつぁしこと。

真　い、いきなり町長さんだ！

田中　おめ、穂積んちの恥かきっ子だな。断りもなく人んちの庭先うろちょろしくさって、こ

の！　ジャガイモぶっつけっぞ！

**ハカセ**　ぼ、僕たち、ひ、宏くんと、遊びたくて来たであります！

**田中**　（急に優しくなり）何だおめ。ええわらしっ子だべした。そんだらこそこそしねで早く言え。呼んでくっから。宏ー！

**宏**　（声のみ）はーい！

田中が立ち去る。

**真**　ふう、間一髪だ！

**ハカセ**　しかし真くん、ここからが本番だぜ。

宏が現れる。（先程まで父親の田中を演じていた俳優が宏を持って出て来る）

**宏**　おめたち！　何しに来た！

**真**　本当のことを知るために来たのさ！

**宏**　なにぃ。

**真**　山高帽はここさいる。隠したって無駄だべ、宏くん！

ハカセ　僕のこの眼鏡に曇りがなければ、確かに見たであります！
宏　何のこっちゃわかんね。
真　なして隠す！　本当のことを言えばいいべ！
田中　（声のみ）宏、どした！　大丈夫か！
宏　何でもねぇ！　お父っつぁんは引っ込んでろ！
真　君は自分ちさ山高帽がいっこどを知りながら、少年探偵団を率いて僕たちを欺いていた！
ハカセ　きっと何か事情が、
真　悪の手先さかくまうのにどんな事情があっぺ！
ハカセ　そもそも！　山高帽というだけで悪党だと決めつけるのは早計であります！
真　悪党だ。こんな田舎で山高帽なんぞかぶってんのは、悪党に決まってる！　さぁ、言え、宏くん。僕たちを騙して、一体何を企んでいた！
宏　アッ！

気がつくと右の会話の間に、一同の後ろに山高帽の男・酒井が現れていた。
人形劇パートに似つかわしくない、不穏な沈黙が走る。

酒井　こんにちは。

……聞こえなかったのかな。こー、んー、にー、ちー、はー。

……駄目だぞ、挨拶はちゃんとしなくちゃあ。

こ、ん、に、ち、は。……はい。

**真**　宏くんッ！

**宏**　うわーん！（ト立ち去る）

**真**　これは、どういうことだべ！

**ハカセ**　説明を求めるであります！

**田中**　（現れて）誰だ、うちの宏泣かしたのは！　おめぇか、穂積んちのガキッ！

**酒井**　穂積？

**真**　町長さんはやっぱり、山高帽と通じていた……。

**田中**　聞かれたことさ答えろッ。うちの宏泣かしたのは、おめか、メガネ小僧！　ぶち殺すぞ！

**ハカセ**　うわーん！（ト泣いて立ち去る）

**酒井**　田中さん。穂積さんちのお子さんなら、今晩のこと聞いてみましょうか。

**田中**　あぁ、そんなら佐伯さんがちょうど、穂積さんち行くっづうから……。あぁちょうど。

先生と三上が出てくる。ここまでの本役と人形の入れ替わりは、多少ムリのある形でやられているることが観客にもわかり、笑いを誘うような形で演じられる。

**先生**　おや。穂積さんちの……真くん、だったかな。
**三上**　こんにちは。
**酒井**　言わないんですよ、この子ら。こんにちはって。
**先生**　そう。
**三上**　ねぇ僕。先生ね、お兄さんの孝くんに御用なんだけど。今、ご在宅かしら？
**真**　言わないぞ、孝兄ちゃんは家出中で、お祭り広場さいるなんてこと、絶対に！
**先生**　お祭り……、あぁ確か、西原の集会所の向こうに、ありましたね。そんな。
**田中**　んだ。
**真**　シ、シマッタッ！
**先生**　ありがとう。（三上に）行こう。
**三上**　はい。

先生と三上は立ち去る。

**真**　ハカセッ！　隠れてねぇで、出て来《こ》！　山高帽の謎を、解き明かすんだッ！
**ハカセ**　（ト出て来て）ハイーッ！　な、なぜ隠れていることが、わかったでありますか！

**真**　臆病な君が一人で帰れるもんかッ。おい田中、宏くんを出せッ！

**宏**　（声のみ）嫌だ、行かね！

**田中**　ほら。宏もああ言ってる。

**真**　宏くん！　君がいねがったら、誰が探偵団のリーダーをやんだい！　宏くんッ！

宏が出て来る（明らかに見切れているスタッフによって舞台中央に投げ入れられる）。

**田中**　宏……。お前……。

**宏**　父ちゃんは黙ってて！

**田中**　だけんちょ、宏！

**宏**　黙ってろっつってっぺ！　おらが、自分の口で説明すっがら。

**田中**　んだが、宏。大人んなったな……。

だがな、宏！　おっかねぇことがあったらいつでも、父ちゃんさ言えよ。ダンプカーでもショベルカーでも出して、おめのこと、守ってやっから！

**宏**　ありがとう。父ちゃん。……気持ちだけもらっておく。

（独白）いきさつはこうだ。昨日の朝、おらたち少年探偵団は山高帽の調査をはじめた。んだげど夜、おらが家に帰ってみっと……。

酒井　私は一体、誰だと思う？
真　えっ。
酒井　私は誰でしょう。当ててご覧。
真　きさまっ、まさかっ、怪人……。
酒井　残念。違うんだ。おじさんはこう見えて、悪党でも怪人でもない。現実は子供向けの読み物じゃない。もっともっと複雑でね……。こんな格好で突然現れて、しかしこれはフィクションじゃない。おじさんは、実在する。
そして実は、おじさんはこう見えていい人なんだよ。君たちを助けに来た、言わば正義の味方だ。――ただしまだ正体は明かせない。今夜君に、正体を明かそう。それまではおじさんは、山高帽の男でいなきゃならねんだ。
さぁ、少年探偵団。……この謎が解けるかな？
真　こ、
酒井　こ？
真　こわい！
酒井　（笑って）怖くないよ。
田中　（笑って）酒井さん。あんま、からかうもんじゃねぇよ。
酒井　すみません。んじゃまた、今夜会いましょう。君の家で。……あぁ一つ訂正しておきますが、（帽子をとって）これは山高帽じゃね。正しくは、中折れ帽と言います。わかったね。

**田中**　おめえら。喧嘩すんじゃねえぞ。

酒井は田中と連れ立って、田中の家の中へ立ち去る。
宏もそれに連れられて退場する。

**真**　い、一緒に家ん中、入ってった……。

**ハカセ**　僕たちに、巨大な謎を残して……。

**真**　僕は忘れね。この謎を、大人たちの複雑さを。この町では本当に、何か起きてる。噂が本当んなって、作り話が真実んなって……。この町の気配さ変わったのを感じる！

**ハカセ**　気のせいじゃないかい！

**真**　いいや。感じんだ。僕は忘れね。この日のことをきっと、ずっと忘れね。

♪セロニアス・モンク『Round Midnight』が流れ、ブリッジとなる。

## 第六景　広場・昼、電灯を点けろ

電灯の横に脚立を立て、電球を持ちながらそれに登っている忠の姿。
そこへ泥棒のようなほっかむりをした豊が現れる。

**豊**　忠。
**忠**　うわっ。びっくりした。やめでよ、母さん。
**豊**　あれ、わかる？　バレちゃなんねぇから、変装してきたんだけんちょも。
**忠**　怪しいだけだから、やめろ。
**豊**　そうかなぁ。泥棒みてえで、まさか母さんとは思わねえべって思ったんだけんちょ……。
**忠**　泥棒みたいだからやめろっつってんだ。
**豊**　あんたは何してんの。そったら、高いとこさ登って。
**忠**　電球変えてんだ。

豊　そんなもん、役場の人に任せちまえばいいべ。危ねぇよ。
忠　役場がやらね以上、自分らでやるしかね。俺たちの町なんだから、俺たちで何とかせねば。
豊　孝は何してる、起きてっかな？　これ、おにぎり、こさえてきたから、渡しといてくんない。
忠　倉庫ん中で寝てっぺから、会ってけばいいべ。
豊　だめだよ。会っちまったら、許したごとなっちまうべ。
忠　母さんも怒ってんの。
豊　母さんは、怒ってるよ。
忠　反対なんだ。
豊　反対するわけがねぇべ。孝が東京さ出てえらい仕事するっつうなら、やらせてやりて。孝には孝の、やりてえことをやってもらいてえ。
忠　なのに怒ってんの。
豊　怒るよ。さみしいべ。お兄ちゃんいなくなったら。
忠　んだけどもう三年以上いなかったべ。
豊　帰ってくるってわかってりゃ、待つこともできる。ずーっといねえってのは、せつねえよ。東京で嫁さんもらって、家買って、東京で子ども生んで。そしたらもう別の家族だ。
忠　離れてたって家族は家族だ。
豊　んなことねぇ。一緒にいっから家族なんだ。東京なんて、こっからじゃアメリカと変わんね。

忠　……孝は本当に、東京さ行かねっきゃなんねえのかなあ。

豊　孝兄ちゃんは、畑耕す人じゃね。日本全体を、耕す人だ。大学だって出たんだから……。おらには日本のことは見えね。せいぜいこの町しか見えね。町から出たことなんて修学旅行で日光さ行ったことあるだけで、東京なんて見たこともね。日本って何だ？　新聞で見るだけだ。兵隊とったり、税金とったりするけんちょも、日本は私たちに何もしてくんね。少なくとも福島には。んだけど孝は、そんな日本のために働くっつんだよ。

忠　んだ。

豊　役場は電球一つとっかえてくんねんだべ。

忠　仕方ねぇ。金がねんだ。

豊　道だって舗装するつってもう何年経つ。国道がまだ砂利道のまんまなんて、福島か山口くらいのもんだべ。*29

忠　仕方ねぇ。そもそも車が通らねんだから、後回しだ。

豊　孝が東京で働いたら、変わんのか。んなことねぇべ。田舎は田舎のままだ。

忠　だから俺が、電球変えてんだべ。

　そこに先生が現れる。三上を連れて。

**先生**　どうも、こんにちは。やぁ、電灯の修理ですか。

**豊**　あら、どうも。昨日の……。

**先生**　え？

**豊**　あぁ、あぁ。（ほっかむりを取りながら）これです、これ。

**先生**　（笑って）孝くんはいますか。いなくてもいいんだけれど。

**豊**　何だか、日も高ぇのにまだ寝てるみてぇで。（倉庫の方に向かって）孝ー！　あんたの、先生が来たよー！

**先生**　だから先生じゃないんです。

**豊**　あら、やんだ。そう言えば名前もお伺いしませんで。

**先生**　佐伯と言います。よかったら、名刺を。

と名刺を手渡しつつ、

**先生**　東京電力の、佐伯と申します。

**三上**　同じく三上です。

**豊**　東京の……？

**三上**　突然ですが今晩、少しお時間を頂けませんか。折り入ってご相談したいことがありまして。

豊　今晩？　なして急に……。
先生　ええ、急なんです。だからできれば、孝くんに紹介してもらえればと思ったんですが、寝てる。（倉庫の方に）寝てるのかい？　……寝てる。
三上　（書状を手渡し）正さんにこれ、届けて頂けますか。町長の田中さんからの紹介状です。
忠　うちに話があんなら、何も夜中でなくて、今来たらいいべ。
三上　そうなんですが……。
先生　この話は夜の方が向いてる。昼間の目には、まだあまり触れさせたくないんだ。
忠　どういうことだ。
先生　気をつけろ。落っこちるぞ。夜に会おう。（豊に）よろしいですか。
豊　田中さんの紹介ってことなら、たぶんお義父さんも嫌とは言わねと思います。
三上　私たちは田中さんの家にご厄介になっていますから、何かあればそちらまで。
先生　（忠に）孝くんによろしく伝えてくれ。（豊に）失礼します。

先生と三上は立ち去る。

豊　何だべなぁ。

孝が現れる。豊の手から書状をひったくり、

豊　孝。起きてたのが。あぁ、だめだよ、母さんここ、いねぇことになってんだ！　怒ってんだかんね！　おにぎり、食べろ！　あぁダメだ、それ勝手に封開けちゃ……。

孝　名刺も見せてもらえる。

豊　なに、あんた。汽車で仲良くなったんじゃねえの。

間。

忠　今晩、うちさ来るって。孝兄ちゃん。……どうする？

孝　どうもこうも。

忠　こんな田舎。昼でも夜でも縁側から誰でも勝手に入って来て、茶飲んでく。鍵もかけね。それをわざわざ紹介状だなんて勿体《もったい》ぶって、世間話しに来るわけではねぇぞ。

孝　……じいちゃんに頭下げる。

豊　本当？

忠　そうしろ。俺からもうまく言ってやる。ちゃんと兄ちゃんの肩、持ってやっから。

……んだけんちょ、俺は嫌いだ、あのニヤニヤしたヘチマ野郎。そもそも学校とお医者以

外で先生なんて呼ばれる奴にろくな奴いね。そう、思わねが？　兄ちゃん。

暗転。

ブリッジ曲にセロニアス・モンク『Round Midnight』が流れている間に、字幕が表示される。

〔東京電力・佐伯正治の回想〕

現地調査は東電の人と悟られないよう、若い女子社員を連れ、ピクニックをする格好をして町内を歩いた。

駅前通りはみすぼらしい古い家が散見され、人通りも少ない。土地は痩せ、生活は質素。若者は都会へ出て行き、この地域は海のチベットと呼ばれていた。……

そして、１９６１年のある夜……

## 第七景　夜の密談、大黒柱

　土間へと繋がる穂積家の居間。
　正、孝、忠、豊、真、田中、先生、三上、酒井の姿。

**先生**　本日はどうも、ご厄介になります。……まずは一献。

　先生は正に酒を勧める。
　正はゆっくりとした動作で、盃《さかずき》を受ける。それには口をつけずに、机に置く。
　正は徳利《とっくり》を取り、先生に酒を勧める。

**先生**　では、失礼して。

正は先生、三上、酒井、田中と酒を注いでいく。

田中は盃を受けず、

**田中**　あぁいや、正さん。俺ぁ手酌《てじゃく》で。

**正**　なーに、この。

**田中**　いやいや。今日の主役は、正さんだから。俺らみんな、正さんのお力を借りに、こうして集まってんだべ。

**正**　何が。

**田中**　どこから——、あぁいや、誰から話すべ？

田中、酒井、先生、目を交わす。佐伯はニヤニヤしている。

**田中**　私から話しましょう。

田中は立ち上がる。

**田中**　人々にとって、幸せとは何か。……何てことを言うと随分、田中も大上段に構えたなと笑われるかもしんねけんちょも、町長になって以来、そのことを考えない日はありません。人々にとって、あるいはこの町にとって、幸せとは何か。それは、一言で言えば、この郷土を守ることであります。郷土を守り、発展させ、一つ一つの家族が暖かく暮らしていける。すべての政治、すべての公共事業はそのためにあると、私、田中清太郎は信じて疑わないわけであります。*30

穂積正さんは永らくこの、細谷地区*31の顔役として、そしてかつては二期も町議をお務めになり、町の発展に多大な貢献をしてこられました。ご子息の一さんは、今は常磐炭鉱の方へ出てらっしゃいますが、一昨年まで地区長としてご活躍頂きました。言わば穂積家は、細谷地区の、まさに地域の大黒柱なのであります。

細谷地区の発展。そしてまたこの双葉町の発展。さらには福島県の、日本の発展に寄与する、大きなチャンスを頂いたと、私は今、こう思うわけであります。

こっから先は、酒井さんに一言、頂戴しようと思いますが、この町の夜に、希望の灯をともす。そういったお話を、今日は申し上げに来たわけでありまして、それでは酒井さん、一言、お願いを致します。

酒井が立ち上がる。田中は座る。

**酒井**　ご紹介に預かりました、酒井です。福島県庁、企画開発部で主査を致しております。現在は福島県開発公社と連携しながら、双葉郡の発展・開発に関する調査・報告を行っております。こういったなりをしておりますのも、そういった事情ですゆえ、どういったことかと言うことは、皆様ご賢察頂きたく、お願い申し上げます。

**豊**　……と言うと……。

**酒井**　えぇまぁ、一つ考えてみて頂きたいのですが、私が背広で、胸に県庁のバッジなどつけて町をうろついてみたとしましょう。背広だ、役人だ、県庁の職員らしい、すわ一大事と、決まってもないことでお騒がせしてしまう。しかも今の私の仕事は測量でありますから、山河を駆け巡るにあたって、こういったなりは言わば、合理的なのであります[*32]。

しかし今朝は、そこの少年探偵団くんに随分と詰められまして。いやはや肝を冷やしました。

**田中**　そんで、だから、つまり、どうなんです。酒井さん。

**酒井**　本題に入りましょう。

**田中**　頼むよ。

**酒井**　ご承知の通り県としましては、かねてより原子力の平和利用に積極的に熱意を示し、昭和三十三年には商工労働部開発課による調査研究を開始、昨年・昭和三十五年には日本原子力産業会議に入会、県内各地で建設立地適正調査を進めて参りました。今年五月までに東京電力ならびに福島県開発公社と共同で大熊町 夫沢《おっとざわ》地区内旧陸軍飛行場と隣接海岸の旧塩田跡*33を中心とした営業用原子力発電所建設を目した地下水湧水量測定のためのボーリング調査を完了し、同地区の開発可能性に十分な適正のあることを認めるに至っておりましたが、先日、木村守江衆議院議員から建設用地の取りまとめに関する要請を受け、田中町長ご助力の元、双葉町内の地権者様達に対しご説明に上がっている次第であります。

**正**　何言ってんのか、さっぱりわかんね！　おめは、ひらがなで喋れ！　ひらがなで！

酒井が言葉に詰まっていると、先生が話し出す。

**先生**　この町に、原子力発電所を建てるんです。

**正**　誰だ、おめは。

**先生**　東京電力の、佐伯です。……原子力開発部で部長、兼、主任研究員をしております。*34

**三上**　同じく原子力開発部の三上です。

**正**　原子力？

**三上**　発電所です。……この世の中の物質は、すべて、分解していくと原子という小さな玉になります。この原子は通常、それ以上分解できないものですが、ある方法で破壊すると、膨大な熱エネルギーが生まれます。これを利用してタービンを回し、電気を生み出す発電方

先生　式です。すでにアメリカやイギリスなどでは実用化されており、将来的には火力、水力などに代わって、発電のほぼすべてが原子力に切り替わると言われています。
　その第一号を、ここ福島県双葉郡に建てようという計画です。
真　わからない。
先生　原子。アトム。……アトムと言えばわかるかな？
真　アトム。
先生　おや。この辺にだって、貸し本くらいあるだろう？　手塚治虫の、十万馬力のロボット。[*35]
真　好きだ。
先生　うん。好きかい？
真　好きだ。
先生　あのアトムを動かしているのが、原子力なんだ。
孝　しかし日本《にっぽん》には、実用的な原子力の技術はないはずです。
先生　日本《にっぽん》に囚われちゃダメだ。
孝　何です。
三上　アメリカのゼネラル・エレクトリック社から技術供与を受けることが決まっています。[*36]　ターンキー方式の契約により設計、建造、試験運転から稼働まで、GE社が責任を持って監督をします。日本からは東芝、日立製作所、石川島播磨《いしかわじまはりま》重工業などが建造に参加する予定です。

孝　アメリカ？　東海村の試験炉は確か、イギリスのコールダホール炉だったはずです。
先生　さすが物理学専攻だ。詳しいね。
三上　イギリスのコールダホール炉には、日本で動かすには少し、問題があったんです。
孝　問題？
三上　コールダホール炉の炉心設計は、言わば……これは比喩ですが、煉瓦《れんが》を組み上げて作ったような構造をしており、日本での建造には適していません。
孝　どうして？
三上　地震があるからです。イギリスには地震がありませんから地震、揺れに対しての耐震設計に脆弱《ぜいじゃく》性があることがわかりました。
孝　アメリカにだって地震はそんなに多くないはずですが。
先生　やけに噛み付くね。
孝　原子力は未来のエネルギーです。……確かに仰《おっしゃ》る通り、大きな可能性を秘めています。しかし、しかしそれを日本で、と言うのはあまりにも寝耳に水で……。
酒井　そんなことはありません。
孝　は？
酒井　七年前、昭和29年にはすでに国会議員の中曽根康弘[*37]先生が中心となり、我が国の原子力推進予算が2億3500万円[*38]、国会で承認されています。翌昭和30年、原子力基本法が制定。

昭和32年、官民一体の出資による日本原子力発電株式会社が発足、*39 昭和35年、つまり昨年には福島県議会においても浜通り地区への原発誘致を推進する法案が可決されており、

**忠**　俺は知らねえぞ。

**酒井**　そう言われましても……。議会に通ったものですので。

**忠**　新聞にでも載らねっきゃ、俺たちが知るわけねえべ。

**酒井**　載っています。新聞には。……全国紙にも載りましたし、福島県内でも、民友でも民報でも、

**忠**　新聞の隅から隅まで読んでるわけじゃねえよ。

**酒井**　ですから。こうして個別に、ご説明差し上げに参上しているわけでして。

酒井は再び立ち上がる。

**酒井**　県としましては佐藤善一郎知事以下一丸となって、この、他県、全県に先駆けての、営業用原子力発電所誘致を成功させたいと考えております。これはこの町どころか、福島県の未来を変えます。原子力発電所ができればどうなるか。……湯水のように電力が湧きます。電力が湧けば、近隣に工場ができます。物資輸送のための鉄道が走ります。物流が加速し、人の出入りが増え、産業が育つ。この浜通りを中心とした一大工業地帯を形成し、京浜、

中京、阪神工業地帯と並ぶ、言わば仙台から相馬を経てこの双葉郡に連なる仙双工業地帯とでも申しましょうか、臨海性工業地帯を造成する。この町が、東北の工業の中心となるのです。

この町が仙台のような都会になる。いや、それどころか、仙台をも超える都会になる。そういうチャンスが眼の前にあると、そういう話を私は今日、申し上げているつもりです。*40

**忠**　無理に決まってっぺ。仙台と並ぶなんて。

**酒井**　どうしてです。なぜ君に未来がわかるんです。未来は常に予想の範疇《はんちゅう》にはありません。予想を超えていかなければなりません。違いますか。それが若者、君のような、これからの日本を担う若者の責務ではありませんか。

**忠**　何。

**酒井**　仙台以上の都会になる。これを私は、夢物語に語っているわけではありません。福島県全体のために実現すべき職責、言わば使命だと感じております。……確かに今は、馬鹿げた話かもしれません。でも、どうですか。日本《にっぽん》は日清戦争に勝った。日露戦争にも勝った。太平洋戦争にこそ負けましたが、神武景気で驚異の復興を果たし、岩戸景気で再び世界の一流国に並ぼうとしている。歴史はいつも、想像を超えて動くものです。なぜ我々福島県民が、仙台以上の繁栄を夢見てはいけないことがありますか？

福島には、今は何もない。しかしその分、開発・発展をする可能性が残されている。戊辰戦争に負けて以来、ずっと冷や飯を食わされ続けてきたこの福島が、東北の一番の都市になり、東京と肩を並べる夢を、見て欲しいんです。君のような若者に。*41

**忠**　……あんたは無茶苦茶ばかり言う。

**酒井**　私は無茶苦茶だとは思わない。福島には広大な土地がある。勤勉な人々もいる。チャンスさえあれば仙台のように、いや、東京のような都会にだってなれるはずです。

**田中**　東北は貧しい。しかし貧しい東北の中にあって、福島県つうのはさらに貧しい。個人所得は全県で下から二番目。税収は最下位。そして、そんな貧しい福島県の中にあって、最も貧しいのがこの双葉郡です。私も町長として必死に発展の道を模索し続けておりますが、町だけではどうにもなんねえ。そこへ来てこういう、日本の最先端、科学技術の粋を尽くした原子力発電所という一大産業が到来し、県や国と手を取り合って発展していく道が示された。これは私は町長として、決して見過ごしちゃなんねぇと思うわけです。

原発ができて工場ができれば、町ん中に仕事ができる。雇用が生まれる。出稼ぎに出る必要が、なくなんです。どうです。それだけじゃねぇ、法人税、固定資産税、町の税収も潤う。図書館でも何でも建てられる。子や孫の代に、大きな資産が残せんです。この何もねえ町を、変えることができんです。

沈黙が走るが、すでに全員が否とは言えない空気が生まれている。

忠、勢い込んで立ち上がり、

忠　じいちゃん。俺、話しても、いいべか。俺は、

正　喋んな。

忠　え？

正　子供の口挟む話でね。

忠　俺はもう子供でね。

正　子供だ。ろくすっぽ畑にも出ねで、よそばっかしぶらぶらしやがって。

忠　それは、俺なりにこの町を良くしようとして……。

正　そんなもん子供のすることでね。稼いでから一人前の口さきけ。

忠　そんな言い方、あっか！

それまでほとんど興味のなさそうだった正、酒井の方に向き直って、

正　酒井さん、でしたっけ。

酒井　酒井と申します。

正　お話の大体はわかりました。んだけんちょも、なしてうちに、わざわざ話に来てんです。

酒井　ご質問、ありがとうございます。……県としましてはこの、原子力発電所誘致を中心とした一大地域開発計画に絶大なる可能性を感じており、

正　要点だけ言ってくれ。

酒井　……そのためにはお宅の、穂積さんのお持ちの土地を、売却して頂きたいのです。

正　いくら出す。

忠　じいちゃん。

三上　今ここで、お伝えしてもよろしいですか。

正　構わね。

三上　2150万円。

息を呑むような沈黙が走る。*42

正　冗談でねえ。……冗談、言うんでねえぞ。2千……？

三上　2150万円ほどでお願いできればと、弊社としては考えております。田中町長ともご相談をさせて頂きまして現在、10アールにつき10万円というのを一つの基準額とさせて頂いておりますが、ご自宅、田畑、それから穂積さんの名義になっているこの裏山一体の敷地を合わせた6・5ヘクタールの土地の値段が650万円。これに加えて当然お引越しをお

願いすることになりますから、その費用として1500万円。しめて2150万円、という風に試算させて頂いたのですが……。[43]

**忠**　2150万円って。ケタ一つ間違えてんでねえのか。裏山なんて、あんな山、山菜もろくに採れねえような山だぞ。それを、

**田中**　何も東電さんは山菜を採るわけでねえ。まとまった用地を必要とされてんです。

**正**　おめ、本気だな。

**三上**　もちろんです。

**忠**　おかしいべ。この辺じゃ10アールで5千円にもなりゃ御の字だ。それを10アール10万円だなんて、それ自体が怪しい、おかしい話だって言ってるようなもんだべ。

**先生**　おかしくない。それだけの価値が、この土地にあるということです。

**忠**　高過ぎる。

**先生**　日本中を探したんです。この辺りの土地は理想的だ。比較的地盤も硬い。海岸線が単調だから広く土地がとれる。東京からも近い。静岡の伊豆半島なんかも検討したんですがね、あの辺は地震が多いでしょう。それで候補から外れたんです。反面、東北は、地震が少ない。[44]

**酒井**　今年発足した県の開発公社が地質調査、航空撮影調査、工業用水調査などを実施しましたが、すべて適格です。この町はラッキーなんです。今じゃ日本中の自治体が、こぞって原

発誘致に手を挙げようとしてんですから。

間。

**田中**　しかしね三上さん。やっぱり10アール20万、いえせめて15万円にはならんもんですか。

**三上**　ですから、それは……。

**正**　なしておめがおらほの土地、売る金額に口差し挟む。

**田中**　いえ、こういうことに不公平があっては町内で揉め事にもなりかねねぇから、どこもおんなじ、均等な金額でやりましょうと、そういうことになってんです。

**正**　まだ売ると決めたわけではねぞ。

**田中**　茨城県の東海村ではヘクタール辺り300万だったと、そう聞きました。うちの親戚の証言ですから間違いねぇと思いますが、本当だったらこれは、うちらの3倍近い値段になります。これはどう見ても不公平でしょうが。

**三上**　規模や条件がまるで違いますから、単純に比較は、

**田中**　んだから、同じとは言わねけんちょ、10アール15万でどうです。そしたら俺も、どこの家さ行っても説得する自信があります。

**先生**　田中さん。それは無理です。

田中　だから先生よ、そこをすぐ無理と言わねで、本社の人間に掛け合うとか、酒井さん、県からの助成金を増やすとか、何かそういうやり方で、

先生　私たちは少し、急いでいるんです。*45

田中　なじょして。

先生　私たちは是非、この町でやりたいと考えています。しかしね、田中さん。候補地は他にもあるんです。

田中　何？

先生　双葉が無理なら大熊の土地を多く買います。それも無理なら東北を離れて、上越や北陸を検討してもいい。

田中　待ってくんちょ。そんな、よそさ行かれたんじゃ元も子もねぇ。俺はねぇ、佐伯先生。この原発誘致に政治家として、地域を愛する一人として、生命を賭けてんですよ？

先生　そんな言葉は言うもんじゃない！　そんならすぐに話をまとめればよろしい。

田中　それがしてぇから、金の面で少し、

先生　大熊の町長さんは違いましたよ。彼も同じ言葉を使った、この誘致は命懸けだと。しかし彼は本気でした、真夜中、自分から尋ねてきて、何度も、何度も私に頭を下げて頼んだ。尋ねた。本当に作って下さいますかと。彼は頼まれてやったんじゃない。自分から頼みに来たんです。

彼は、大熊の志賀さんは、これは陣中見舞いの酒ですと言って、四斗樽を持ってきた。陣中見舞い。わかりますか？　戦う。共闘するという意志！　それだけじゃない、足代わりにどうぞと新車のデボネアを寄越してきた、人手だって寄越した、もちろん秘密裏に、自分の金でです。……それがあなたは何ですか。もう一度、言ってご覧なさい。生命を賭けていると。……さぁ。言いなさい。

**田中**　先生。失礼致しました。もちろん今夜の酒代は持たせて頂きます。それから、

**先生**　私は、違う。そんなことが言いたいんじゃありません。

**田中**　車も、もしご入用でしたらもちろん。

**先生**　田中さん。もう、結構ですよ。

間。明らかに風向きが変わった。田中、正に取りすがるようにして、

**田中**　正さん。だから、な。……土地を手放すだけでねえか。2150万と言ったら十分な金だ。家も建つ、車も買える。カラーテレビから洗濯機から冷蔵庫、三種の神器も勢揃いだ。俺はな、あんたのためを思って、

**正**　いいから。

**田中**　土地を手放すだけだ。それも先祖伝来の土地じゃねえ。わがんちもそうだが、この辺りの

家は大抵入植して二代か三代、維新の後に郡山から落ちてきた家が多い。そんならまた、別の土地買えばいいべ。ここよかもっと肥えた土地でも、便利なとこでも、二千万もありゃ何とでもなる。

正　金の問題でねえ。

田中　あんたがうんと言わねば、この話がまるごと消し飛ぶんだぞ。それに正さん、あんたがうんと言わねば、この地区の他の家だってうんとは言わねえ。だけんちょあんたがうんと言えば、この地区はあんたについてく。んだべ。

これは町全体の、幸せのためなんです。原子力発電所は、この町の希望なんですから。

間。

正　孝。

孝　はい。

正　おめはどう思う。

孝　僕ですか。

正　おめが家を継ぐなら、ここの土地はいずれおめのもんになる。

孝　しかし、僕は……。

正　わがった。意見がねぇなら黙ってろ。

豊　危なくはねぇのかな。

正　おめは黙ってろ。

豊　ごめんなさい。だけんちょ、危なくはねんですか。

正　何だおめ。

豊　原子力っつったら、広島や長崎の爆弾とおんなじでしょう。それを、*46

先生は笑う。

豊　どうなさいました。

先生　広島や長崎と同じ？　まるで違います。全く違う。

豊　んなんですか。

三上　奥さん。原爆と原発は、核分裂反応を使っている点では確かに同じですが、それ以外はまるで違います。原爆があのように巨大な爆発を引き起こすのは、核分裂が連鎖的に起きるよう緻密に設計されているからです。その配置を計算するのにアメリカの科学者でさえ七年間かかりました。

先生　ロバート・オッペンハイマー。フォン・ノイマン。レオ・シラード。悪魔のように賢い科学者たち。*47

**三上**　どんな想定外の偶然が起きようとも、同じような爆発があることはありません。

**豊**　そうですか。そういうもんですか。

**三上**　ええ。

**孝**　しかし放射性廃棄物はどうですか。

**先生**　来たな、東大生。

**孝**　原子核分裂反応を用いる以上は必ず、放射性廃棄物が出るはずです。分裂に使われるのはウランでしょう。

**先生**　その通りだ。

**孝**　爆発は起こさないとしても、使用済みのウラン、プルトニウム、放射性廃棄物は残りますし、原子炉が万が一破損した場合には、放射能が漏れ出すという可能性はある。

**先生**　その通りです。

**孝**　その通り？

**先生**　もちろん、その可能性を我々は想定している。可能性を考えるのが科学だ。そう教えたね。

**孝**　どう考えているんです。

**先生**　反応を抑える制御棒。核物質を閉じ込める格納容器。非常用電源。冷却装置。可能性ということで言うのなら、事故が起きる可能性は交通事故に遭う可能性の一万分の一です。

孝　しかしその、一万分の一はどう考えるんです。
先生　君ならどう考える。
孝　何です。
先生　君が考えるんだ。正確には君たち若者、未来の科学者たちが。……今の不可能を、未来、可能に変えていく。それとも一万分の一の可能性に怯《おび》えて、町と科学の発展を諦めるか。
孝　……人類の叡智はいずれ、その一万分の一をも克服すると思います。科学は必ず、人間が想像したことを実現する。だけんちょ、今はまだ、ねぇんだとしたら、早すぎやしねか。この町さ原子力発電所を作んのは、
先生　君との議論を訂正する。事故は、万に一つもありません。そこは考え抜いています。
忠　僕はそんなこと、信用できません。
先生　どうした、君。
忠　先生の言うことが本当なら、第五福竜丸の事件はなぜ起きましたか。先生の言う、アメリカの賢い学者さんたちが、計算間違えて、そんで日本の漁船が核爆発に巻き込まれたんでねぇですか。ほんの七年前の話です。
先生　日本人は間違えない。
忠　なしてそう言い切れます。
先生　広島と長崎のことを、覚えているからです。

忠　……。

先生　1953年。アメリカのアイゼンハワー大統領が、アトムズ・フォー・ピース。つまり原子力の平和利用ということを言い出した。しかしこれはアメリカの言う言葉ではない！　私たち日本人が、日本人こそが、言うべき言葉です。広島と長崎の記憶がある、私たち日本人こそ、原子力の平和利用を語る責務がある。

忠　逆ではねぇですか。

先生　言ってご覧。

忠　日本こそ、原子力の危険を、世界さ語ってく責務があるのではねぇですか。

先生　君は原爆の何を知っている。（孝を見て）……君には話したが、私は広島の出身です。私は原爆を投下したB29と、その後空に舞い上がったきのこ雲をこの目で見ている。多くの負傷者の看護にも当たった。兄は原爆で戦死しました。皆さん以上にその恐ろしさは身に沁みて知っている。誰よりも真剣に原子力について勉強しました。原子力発電は核反応を静かに、優しく行うよう考えられています。極めて優しい、発電方式です。その反応が万が一、予想以上に進むときは、二重三重の防御を行い、これでもかこれでもかと安全対策をしています。ですから私は十分安全だと信じている。いささかの不安があれば、いくら会社の方針とは言え、肉親を失った私は会社に従わない。何も東電しか勤め先のない訳ではないから東電を辞めてもいい。*48

広島を知っている私が言うのです。原発は安全です。原爆とは違う。あんな、悪魔の発明とは違って、原発は……。明るい未来のエネルギーです。この町に、そして皆さんに、発展と繁栄を約束します。電灯すら灯らないこの町の夜に、東京に勝るとも劣らない輝きをもたらす、太陽になります。

間。

**正**　2150万円。
**先生**　10アール辺り10万円、これは譲れません。
**正**　いいな。孝。
**孝**　え？
**正**　いいなって訊いてんだ。
**孝**　僕には決められない。
**正**　決めろなんつってね。
**孝**　父さんの意見も聞かないと。
**正**　それは俺がちゃんと聞く。だがおめは、反対しねえな。
**孝**　僕は……。僕には、

正　何だ。

沈黙。

一同の注目が孝に集まる。孝は苦悶しつつも、絞り出すようにして次の言葉を述べる。

孝　僕には、関係のないことだから。

正　……そうが。

孝　僕には何も言えない。

正　構わね。そんかし、忘れんでねえぞ。おめは、反対しねがった。いいな。

孝　うん。

正　おめは反対しねがった。おめは、反対、しねがったんだ。*49

酒井　ご理解頂けましたか。

正　すぐには決めらんね。だけんちょ俺は、町が良くなんなら反対はしね。一もそうだべ。

豊　んだ。

田中　一さんならわかってくれます。一さんなら。いや一番喜ぶのは一さんだ。これで秋も冬も、一緒に暮らせっぺ。

忠は気色ばんで立ち上がり、

**忠**　俺は反対だよ、じいちゃん。

**正**　おめの意見は聞いてね。

**忠**　これは本当に、自分たちで決めたと言えんのか。決めさせられたんでねぇか。目の前に札束ぶら下げられて、そうとしかならねえように、仕向けられたんでねのか。

**先生**　いえ、みなさんは、自由です。

**三上**　反対なさるんでしたら、もちろん、別の土地を検討します。

**正**　反対ではねえ。

**田中**　もちろん、反対はしません。

**忠**　俺だって、反対してえわけじゃねぇ。んだけんちょ……。

**三上**　何か？

**正**　おめの意見は聞いてね。黙ってろ。

**忠**　さっき県議会に通ったって言ったな。この双葉の議会では通らね。通さねど。

**田中**　今週中には通る。通ることになってる。

**忠**　まだわかんねべ。

**田中**　わかんねわけあっか。ちゃんと話はついてっし、そのためにも正さんに筋通しに来てんだ。

正さん。この話は必ず、必ず私が、責任を持って通しますんで、ここは一つ。

田中は手を出す。
正は手を出すのを渋るが、先生がその手を持って田中に握らせる。

**先生**　酒井さんも。

酒井もそこに、手を重ねる。

**酒井**　県と、町と、東電。それから国とが、手と手を取り合い、この一大事業を、成功に導いていきましょう。
**田中**　はい。
**正**　よろしくお願いします。
**先生**　乾杯しましょう。双葉町の未来のために。
**田中**　ええ。
**先生**　乾杯の音頭は、正さんから？
**正**　おめがやれ。

**田中**　それでは、双葉町を代表しまして。……この町の夜明けに、乾杯。

**一同**　乾杯。

一同、乾杯する。

♪音楽『夜明けのうた』が流れ、ブリッジとなる。

「夜明けのうたよ、私の心の昨日の悲しみ、流しておくれ」……。

# 第八景　広場・夜、点いた電灯

四景で登場し、六景で忠が直していた電灯がついに灯った。その下では寂しく美弥が、来るあてもない孝のことをじっと待っている。そこに息せき切って、大汗をかいた、そしてすでに泣き暮れている孝が駆け込んでくる。*50

孝　美弥ちゃん！　やっぱしここさいた、会えてよかった！

美弥　孝くん！　なして来たの、会いたくなんてねがった！

孝　話さしに来たに、決まってっぺ！

美弥　話なら聞いた。田舎の噂は早えんだ。孝くんはやっぱしこの町さ捨てて東京さ出て、働くことにしたって！

孝　あぁ決めた。すっかり決めた。だけんちょ、俺たちの話はまだ終わってね。

美弥　終わりだ！

**孝** 終わりでね！　俺が言いてえのはさよならでね。何回でも言うぞ。美弥ちゃん。一緒に東京さ行くべ！

**美弥** おらぁ行けね。書いたべ、手紙さ何度も。

**孝** お母さんのことか。

**美弥** それだけでね。

**孝** 一緒に東京さ連れてくりゃいいべ。

**美弥** できるわけね。

**孝** なして。

**美弥** おら一人で決められっか。

**孝** んだ。それが田舎だ。田舎は、決めらんね。田舎は何一つ決めらんね。田舎は自分で、自分のこと全く決めらんね。金がねえから決めらんね。人がうっつぁしから決めらんね。昔にこだわっから決めらんね。変わっこと恐れっから決めらんね。田舎は、決めらんねんだ、自分の人生も、町の運命も。みんなそうだ。

**美弥** 東京かぶれが、よく言う！　そりゃ東京にいりゃそうも言えっぺ。金出しゃ何でも買えんだもんな、東京は。好きなとこ住んで、好きな仕事して、好きな人と結婚できんだべ、東京は。人がわんさか、がやがやいっぺえいて、みんな他人同士みたいに暮らしてて、回覧板も隣組もなしに自由にやってけんだべ、東京はよ！

孝　んだ！　んだがら美弥ちゃんも、東京さ来《こ》。自分のことは、自分で決めねば駄目だ！[*51]　美弥ちゃん。おめが決めんだ。だから、な！　一緒に東京さ行こう！

間。

二人の間に、静かな時間が流れる。

美弥　おらぁ孝くんとは違う。一人で生きていけるほど、強くねえ。

孝　一人じゃねえ。俺がいっぺ。

美弥　お母さんがダメだっつの。ばあちゃんもダメだっつの。おじさんもダメだっつうし、おばさんもう一人のおじさんもみんなダメだって、

孝　周りなんかどうでもいい。

美弥　どうでもよぐね。孝くんはどうして、家族捨てて東京さ行けんの。

孝　それは……。

美弥　おらは、孝くんのことが、大好きだ！

孝　お母さんなら、俺が説得する！

美弥　お母さんに東京暮らしなんて、あたしだってさせたくね！

孝　んだけんちょ、

美弥　それにおらだって。おらだってこの町好きだから。友達もいるし家族もいるし、海もあるし山もある。おらでねば面倒みられねデリケエトな子牛だっている。孝くんのことは好きだけど、この町には好きなもんが多くありすぎるから。おらは故郷捨てたくね。

孝　美弥ちゃん……。本当か？　そりゃ本当に、美弥ちゃんの意志なのがい？

間。

美弥は思いを振り切るために、敢えて大声を出し、孝を殴りつけながら喋る。

美弥　女々しい声だすんじゃねえ、このデレスケ！　さっさと行け！　おらみたいなブス置いて、さっさと東京さ行けっつの！　おらたちみたいな田舎もん置いて、さっさと東京さ行って、でっけぇ会社さ入ってがっぽり稼いで、うんと偉くなれっつの！　ＢＭＷとかポルシェとか、外国の車さ乗って、ダンスホールでマンボだのゴーゴーだの一晩中踊り狂え！

孝　わがった！

美弥　その代りうんと、うんと偉くならねっきゃダメだよ！　うんと偉くなって、がっぽり稼いで実家さ送ってやんな！

孝　俺は偉くなる！　この町は豊かになる！　五十年後にはここが、忠の桜で一杯になってな、あの丘の向こうがずらーっと工場で一杯になって、駅前は仙台より立派になって、みんながうらやむ双葉町になる！

**美弥**　なじょして。

**孝**　すぐにわがる。

真が飛び込んでくる。

**真**　孝兄ちゃん。常磐線、上野行き夜行列車、もう来ちまうよ！

**孝**　今行く！

**真**　東京にお土産、買わなくていいの？

**孝**　後で母ちゃんががっぽり干し柿送ってくれっがら、それで十分だ。

**真**　急がねば！

**孝**　わがった！（と、美弥に背を向け）

**真**　東京で僕に、お土産買って送るの、忘れちゃダメだかんね！

**孝**　任せとけ！　美弥ちゃん！　俺は、振り返らねえ。さよならは俺から言う。だけんちょ、美弥ちゃんからは言わねえでくれ。俺がこの町捨てたんだ。美弥ちゃんのさよならは、聞きたくね。

　さよなら。美弥ちゃん。さよなら。さよなら。さよなら！

孝は立ち去る。それを追って、真も去る。

**美弥**　さよなら……。

美弥の「さよなら」は、汽車の轟音にかき消される。豊と忠、ついでに子どもたち（宏と1・2・3）が駆け込んできて、場面は一気に駅のホームになる。

**豊**　孝ー！　来たどー、機関車ー！

**忠**　息切れしてねぇで走れ、この、もやしっ子！

**孝**　（真と共に走り込みながら）今行ぐーー！

**豊**　はいこれ切符と、ハンケチ、水筒と、あとこれ、お腹空いたときのためにおにぎりと、干し柿と、干し柿と、大根と、甘納豆と干し柿と……。

**孝**　要らね要らね、こんなに持てね！

**豊**　持ってけ！　東京は遠いんだべ！　お腹空かしたらどうすんだ！

**孝**　わがった！

**豊**　東京さ行って何してもいいけど、お腹だけは空かしちゃダメだかんな、孝！　お腹空かしたらいつでも、手紙さよこせよ！

**孝**　わがった！

**忠**　うちのことは、俺に任せとけ！

**孝**　わがった！

**真**　なして兄ちゃんは、東京さ行くの？

**孝**　俺は、俺は、俺は東京さ出て、科学の発展に尽力し、世のため人のため、お国のため、巡り巡ってこの、福島のためになるような、でっけぇ仕事さ、しでかしてやります！

**アナウンス**　夜行列車、上野行き。間もなく発車します……。

**孝**　日本のために、福島のために！　学費はローンできっちり返します！　俺はもう、振り返らねえ！

**みんな**　頑張れ！　孝！

**孝**　あんがとな！　さよなら！

暗転していく。

音楽の中、字幕が出る。

1961年10月22日　双葉町議会　原発誘致を可決

# 第九景　東京・夜・料亭、金毘羅《こんぴら》船々

東京の料亭。先生が議員らしき人物（声のみ）[*52]と話している。

**議員**　それで今。どんな具合ですか。
**先生**　ハイ、実は……。長者ヶ原の買収が難航してます。コクドの堤康次郎氏が中々……。
**議員**　うん。そこは私から言うから。
**先生**　あとはまぁ、だいたい。
**議員**　うん。四の五の言うのがいたら、札束で頬を引っ叩いてやればいい。[*53]思い切って行こう。反米・半原子力的な意見の人は、潜在的な左翼分子とも言えるし。
**先生**　はい。
**議員**　池田さんの言う所得倍増なんて手ぬるい。日本は十年で、アメリカを抜く。そのための原発です。それに岸さんが、ふん、国会で失言してくれた通り現行憲法下でも核は持てる。[*54]

日米同盟の破棄に備えて核武装も睨むとなれば、原発動かしてプルトニウムも貯めて。自力で原爆、作れる国にせにゃ。

**先生**　それはまた、別の話ですから。

**議員**　同じです。これは日本の自立と、自由の話です。ソ連と中国に挟まれて、丸腰、ふんどし一丁のまま、自由に世界を立ち回れますか。私は日本を、世界一にしたいんです。なんてことをね、まぁ、飲みながら。佐伯さん。これは少し長い話になります……。

♪「金毘羅船々、追い手に帆かけて、シュラシュシュシュ……」。料亭遊びの空気の中、暗転。

字幕が出る。

1964年　東京電力・福島第一原発　着工

1971年　〃　営業開始

そして、2011年

## 第十景　２０１１年・昼、まだ残っている大黒柱

第0景の景色に戻る。——タイベックスーツ、マスクにゴーグルをして古い箱を持っていた男が、感極まった様子でゴーグルを外し、フードを脱いで、段ボール箱の蓋を開ける。中からは大量のレコードが出て来る。彼はそれを取り上げ、じっと見つめる。それは五十年後の真の姿だ。

そこに同じく、タイベックスーツを着込んだ五十年後の美弥、69歳が入ってくる。

**美弥**　真さん。何してんですか、ほら、早く……。

**真**　見つけたんだ。見て、これ……。懐かしいなあ。チェット・ベイカーに、アート・ブレイキー。チャーリー・パーカー。ディジー・ガレスピー。マイルス・デイヴィス。ここら辺はまぁいいとして、セロニアス・モンクまで入ってる。孝兄ちゃんは俺を、一体どんなジャズ気違いにしたかったんだべな。

美弥　セロニアス？

真　孝兄ちゃん、覚えてる？　東京さ行って、ジャズにかぶれた……。

美弥　ジャズだけでね。東京さかぶれてなぁ。一度帰ってきたときもあたしさ説教臭えことばっか言って、あんときは難儀したんだ。

真　俺が小学校に上がって、字が書けるようになってからは、毎月のように手紙をくれた。ときどき、こんな、段ボール箱いっぱいジャズやポップスのレコードを詰め込んで……。孝兄ちゃんの送ってくる音楽には都会とか、希望とか、未来とか……、そういうもんが詰まってるよな気がしたもんだ。

真は大黒柱に手を触れる。

真　この柱。……前の家からわざわざ移したんだ。じいちゃんがどうしても大黒柱だけは残してえって言い張って。それなりに金もかかったはずだけど、まぁ、土地売った金と引っ越しの見舞金で、金だけはあったからね。

……俺は覚えてんだ。五十年前、うちに、お偉いさんが集まって、土地売買の話をした夜のこと。町長の田中さんが、確かそこに座って。県の酒井さんとかいう人と、あと東電の社員が二人。それからじいちゃんに、母ちゃんに、兄ちゃんに、兄ちゃん。原子力は希望の光、そういう風に語られて、みんなニコニコ笑ってね。子供心に不気味だなと思ったのを覚えてっけど……。
つうても俺も、意味がわがるようになっても、しかもマスコミさ入っても、反対はしなかった。反対はしなかったんだから、同罪だ。

真は部屋を見渡して、レコードの一枚を手に取り、眺めつつ、

**真**　孝兄ちゃんはこの事故を見たら、一体どう思ったべなあ。
**美弥**　わかるわけがね。私はあの人ではねぇし。
**真**　どう思ったと思う?

トランシーバーの呼び出し音が鳴る。真、トランシーバーを取り出し、

**真**　わかりました。出ます。えぇ、えぇ……。……いえ、持ち出したいものはそんなに多くはありません。私がここに住んでたのは、随分昔のことですから……。はい。
（トランシーバーの通信を切り）時間だ。
**美弥**　忠さんの言ってた、アルバムあった?

**真**　テレビ台の下にあるはずです。……アルバムなんて、センチメンタルなもん。（笑って）弱ってんな、忠兄ちゃんも。

**美弥**　がっくし来ちゃったみてぇでなぁ。事故があって以来……。

**真**　近々、弊社のスタッフが取材に行くかんね。

**美弥**　病院だから。勘弁してもらいてえな。

**真**　病院だって関係ねぇ。マスコミだかんね。元町長のコメントなんて、殺してだって欲しがるほどだ。……悪ぃけど、適当にあしらっといて。病院の名前だけは、言っちゃダメだよ。

**美弥**　わがってる。[*55] さ、帰んべ。

**真**　あぁ。帰っぺ。……家に帰っぺ。（柱に）もう、当分来ねぇから。寂しがんじゃ、ねぇぞ。

**おばちゃん**　穂積さん、何してんだ、もう時間いっぺえだからよ。おめらはやぐ出ろ。

**真**　はい、はい……。

**おばちゃん**　なあに、真さん、マスク外して、死ぬ気だべした。はやぐつげろ、ほら、はやぐ。

**真**　はい、はい……。

おばちゃんに急かされて、真、美弥、立ち去る。

暗転。

## 注解

＊1　原子力を「太陽」と例える例は、長谷川和彦監督・沢田研二主演のカルト映画『太陽を盗んだ男』が有名だが、1954年から読売新聞社グループにて連載された『ついに太陽をとらえた』という特集がその端緒と思われる。これは当時政界進出を目論んでいた読売新聞社主・正力松太郎の肝煎でスタートし、原子力の平和利用とイメージアップのために利用された。

＊2　これら登場人物のモデルは以下の通り。孝は筆者の父。忠は後に双葉町長となる岩本忠夫氏。真は筆者が取材で知り合った元テレビユー福島報道局長の大森真氏。豊、正は筆者の母と叔父と祖父。美弥は太田裕美の歌謡曲『木綿のハンカチーフ』。佐伯正治は実在の人物であり『戦後史のなかの福島原発』等の著書に記載があり、三上の存在も示されている。田中清太郎は当時の実際の双葉町長だが、性格的なモデルは筆者の叔父。酒井信夫も実在の人物である。

＊3　当時の常磐線はまだ電化され切っておらず、長距離を走る列車はまだ蒸気機関車であった。またこの頃は上野から青森を結ぶ特急や急行・夜行列車などの多くが常磐線を経由しており、青森行きの列車が存在した。筆者が幼かった1980年代くらいまではまだ大きな荷物を背負った野菜売りの行商の姿なども見え、大人たちは電車内で煙草をふかしていた。猥雑だが活気に満ちた風景。

＊4　本作は上演時に演出として童謡や歌謡曲などを多く使った。できれば台本にも掲載したかったが、著作権の切れていない作品が一部混ざっているため、掲載を見合わせることとした。

＊5　平駅とは現在のいわき駅のことである。1966年の大合併で平市はいわき市に名前を変えたが、その中心部にある平駅の名前は1994年までそのまま残った。今でも地元の高齢者などと話すと「平の駅前で待ち合わせて……」などと「平駅」の名前を耳にすることがあって驚く。

＊6　孝と先生の性格、人間理解の違いが示されている。また、ここで語られる「私はあなたじゃない」「だからあなたの気持ちはわからない」という絶望は、三部作全体を貫く一つのテーマでもある。

＊7　このときの宇宙飛行士がユーリィ・ガガーリンである。

＊8　Imagination is more important than knowledge. Knowledge is limited. Imagination encircles the world.

＊9　夏目漱石『三四郎』では、大学へ通うために九州から東京へ上京している（つまり本作の孝とは真逆の境遇の）主人公・三四郎が汽車の中で「先生」と出会い、「（日本は）滅びるね」と言われている。他にも本作は『三四郎』から多くの台詞を拝借した。本作自体が『三四郎』へのオマージュであり、表裏を成す物語なのである。

＊10　日米安保条約更新への反対に始まった戦後最初の国民的政治運動・60年安保は、本作の約一年前に終焉している。60年安保とは左翼闘争であると同時に戦後日本の民主主義や国体の在り方そのものを問う運動であり、学生や主婦など一般層も多数参加したが、最終的には単なる倒閣運動に終わってしまった。岸信介内閣総理大臣の退陣が成立してしまうと、それ以降ほとんど議論は盛り上がらず、一部の左翼活動家のものとなってしまい国民的議論とはならなかった。そして日本は安保の結論を有耶無耶にしたまま、高度経済成長時代に突入していく。

＊11　チベットに対して失礼だろうと思わないでもないが、福島県の貧しさを表す意味でよく用いられた表現である。他にも「海のチベット」などという呼び方もあった。

＊12　戊辰戦争の頃、新政府軍を率いる薩摩・長州側が東北を卑下して用いた表現。また翻って後世にはそう侮られたことを忘れまいとして、東北人の反骨精神を表すフレーズとしても用いられた。

＊13　福島県は浜通り・中通り・会津と三地方に分けられ方言も文化も細かく異なり、戊辰戦争ではお互いに戦い合った藩もあった。

＊14　『赤胴鈴之助』は１９５７年、『少年探偵団』１９６０年にテレビシリーズが放映され大人気を博した。どちらも映画やラジオなど多メディアに展開しており、『月光仮面』と並んで、後に続くヒーロー物の類型を作った。

＊15　福島県民にとって干し柿は携帯食であると同時に常備食であり、腰にぶら下げて歩く猛者も未だにいるという。

＊16　長者ケ原飛行場という名の、旧日本陸軍に所属していた飛行場跡地。終戦後、後に西武グループ創業者として知られることになる堤康次郎が安く買い上げ、塩田として運用しようとしたが収益が出ず、１９６４年に東電へ売却されている。

＊17　まさに本作の時代設定としている１９６１年10月に、大鵬と柏戸が史上初・同時に横綱へ昇進し、柏鵬時

代が幕を開ける。同じ年に巨人は六年ぶりに優勝しており、ONコンビ（王と長島）による黄金時代を迎える。

＊18 イナゴかキャラブキで非常に悩んだ末、イナゴにした。イナゴは貴重なタンパク源であり、福島県内ではごく普通に食卓に並ぶ。福島県民アンケートの結果でもイナゴが人気だった。

＊19 私の田舎では昼間、近所の人が縁側から勝手に入ってきて一時間ほど茶を飲み雑談し、土産としてインゲンだのれんこんだの野菜を置いて帰るということがほぼ毎日繰り広げられていた。喜代子さんも実在の人名である。

＊20 設定上この家では意図的に祖父・正《タダシ》と次男・忠《タダシ》の読みが同じになっている。家庭内では正のことを「タダシ」と呼ぶ者はいないが、忠のことは通例「タダ」あるいは「忠坊《タダボウ》」と呼ばれている。

＊21 ご子息の久人氏から聞いた話だが、岩本忠夫氏は若い頃青年団で活躍し、劇中にもあるように桜を植えたり電球を変えたりと地道な地域貢献を重ねるうちに地域の信頼を得て、政治家として立つことになったという。劇中では正の偏見を描くために「社会党に引っ張られた」等と書いているが、そこは創作である。

＊22 ここで正が語る「自由」とは本作のメインテーマの一つだ。今も昔も、果たして人間は本当に自由なのか？ 戦前生まれで戦前の価値観に染まっており、村落共同体における相互扶助の精神で生きている農家の祖父・正は、戦後の日本が採用した新しい価値観である「自由」という生き方や精神に馴染めない。馴染めないどころか、まるで悪いことであるかのように語っている。祖父・正がここでいう「自由」とは、ほとんど利己主義やエゴイズムという意味に近いくらいだ。

＊23 戦後まもなくの最大のヒット曲であり、1949年の発表だが50年代の間ずっと売れ続けていた。青春の希望や成長への期待などを感じさせる、戦後復興期を代表する名曲である。

＊24 吉幾三『俺らこんな村いやだ』は田舎出身者の多くにとって心から共感できるソウルソングである。

＊25 新幹線のこと。1959年に起工され1964年に完成。新幹線という名称が定着するのもそれ以降である。

＊26 1960年に首相に就任した池田勇人が打ち出したスローガン。減税・社会保障・公共投資を三本柱と

して日本の高度経済成長を誘引したが、同時に「エコノミックアニマル」としての日本人の出発点とも言われる。

*27 夜ノ森の桜は富岡と大熊の町境にある名物であり、街道沿いに約1500本の桜がトンネル状に続いている。ここでの忠の台詞は岩本忠夫氏の実際のエピソードに基づいている。町の発展を純朴に願うこの思いが印象的で、本作は『夜に昇る太陽』という正式タイトルをつけるまで長いこと『夜の森の桜』を仮タイトルとして用いていた。富岡の夜ノ森の桜も、戊辰戦争後に地元の発展を願った一人の武士による植樹から生まれたという。

*28 坂本九のバージョンが有名だが、元々は1960年に発表された同名ミュージカルの主題歌だった。

*29 ここで急に山口が出てくるのは、福島県民と山口県民が仲が悪いということに引っ掛けたちょっとしたジョークである。戊辰戦争に負けた福島県民は、その時戦った勝者側の長州藩・山口県のことを目の敵にしており、ちょくちょく山口県を悪く言う冗談を言ったりする。

*30 田中清太郎は史実では1963年に当時最年少の町長として当選した後、1985年まで町長を務めた。田中王国と呼ばれるほど地元に強力な影響力を持つ建設会社の社長をしており、町長としても23年の長きに渡って権勢を誇ったが、1985年に公共事業の発注に関する汚職事件が発覚し、職を追われた。その次の町長になるのが、本作で「忠」のモデルとしている岩本忠夫氏である。

*31 細谷とは双葉町の最南端、大熊町との町境にある地区の名前。福島第一原子力発電所の用地となった。

*32 酒井信夫という人物は実在の人物であり、実際に「山師のような」「登山客風の」服装をして町民の目を欺きながら当該地区の測量や視察を続け、原発誘致を積極的に働きかけた。地元の町役人に測量などを依頼することもあったらしいが、その際にも「原子力発電所建設のため」という大目的は伏せ、ただ測量を続けたという。

*33 この土地は当時、後の西武・セゾングループ創業者となる堤康次郎が興した「国土計画株式会社」の所有であったため、東京の堤一族に対して買収交渉がなされた。理由は不明だが堤康次郎氏は存命中は売却に賛成せず、彼の死後の1964年、三男の堤義明氏のオーナー就任後に売却が成立した。

*34 佐伯正治は実在した東京電力の社員であり、樅の木

会・東電原子力会編『福島第一原子力発電所1号機運転開始30周年記念文集』に記録されている。後にエピソードとして出て来る広島出身であることや陣中見舞いの四斗樽などもこれら史実に基づいたエピソードである。

*35 『鉄腕アトム』は1952年より月刊少年漫画雑誌「少年」に連載され、1963年に日本初のテレビアニメとして放映された。

*36 これらは史実だがなぜ急に東京電力がイギリスではなくアメリカのGE社へ切り替えたのか、そこにどんな交渉があったのかについては不明な点も多い。田原総一朗著『ドキュメント東京電力』などで詳しく述べられている。

*37 日本の原子力政策の歴史において、後に首相となる中曽根康弘が果たした役割は大きい。後にアメリカの大統領補佐官となるキッシンジャーとの関係などから原子力推進の立場に立ち、強固に政策を推進した。「(原発反対の学者などは)札束で頬を引っ叩いてやるんだ」などと述べたというエピソードが残っている。

*38 この「2億3500万円」という予算の根拠はまるでなかったらしく、後に中曽根康弘本人が「(核分裂反応の材料となる)ウラン235に引っ掛けたんですよ」などと語っていた。

*39 この会社の成立にあたっては「日本の原子力の父」正力松太郎や東電社長・木川田 隆らの強い意志があった。国・官主導で進めようしいう経済企画庁に対し、民営で進めたいという正力松太郎らが反発し一大政局となった。

*40 結果的に実現されることはなかったが、誘致当時は県としても町としても原発を中心とした工業地帯の造成を見込んでおり、原発の町となるのではなく原発を中心とした工業の町となる肯写真を描いていたという。

*41 本作では触れることができなかったが、戊辰戦争での敗北は福島県の歴史に暗く重い影を残している。薩長による藩閥政治の中、朝敵とされた福島県は開発が後回しにされた上、東京から知事が送り込まれ中央政府からコントロールされ続けるという悲劇に見舞われた。また放射性廃棄物の最終処分場がある青森県六ケ所村は、戊辰戦争後にお家取り潰しとされた会津藩士たちが流された土地でもあり、偶然とは思えない因果を感じざるを得ない。

*42 上演時には、ここで字幕に「現在価格で、約3億

円」と表示した。これ以前にも田中・酒井・佐伯の名前は字幕に表示して実在の人物であることを強調していた。また、これ以降の部分では、文献などから引用した台詞を字幕に表示して強調するという手法を取った。表示した字幕は以下の二つ。「東北は、地震が少ない」「広島を知っている私が言うのです。原発は安全です」。

*43　これら数字はすべて当時の記録に基づいたものである。物価指数が現在（戯曲執筆時2018年）の約5分の1、かつ大卒初任給が一万五千円の時代でこの額であるから、現在の価値に換算すれば約三億円にも匹敵する金額である。

*44　この辺りの台詞は皮肉が過ぎると思われるかも知れないが、竹林旬『青の群像：原子力発電草創のころ』などの資料に基づいた史実であり、Wikipedia『福島第一原子力発電所』の項にも記載がある（2019年8月現在）。

*45　当時の東京電力社長・木川田一隆は福島県梁川《やながわ》町の出身であり、かつては「原子力は悪魔の発明」と明確に反対していたが、1954年頃を堺に急遽原発推進に態度を翻した。木川田の心変わりの原因は当時の側近たちにですら謎だったと言うから、何か高度な政治的取引があったのかもしれない。

*46　原子力は危険だという認識自体は当時の一般庶民にもあったが、60年代当時、原発誘致への反対論はほとんど出なかったと言う。ごく一部から噴出した反対論に対しても、佐伯が語るような「安全神話」的な語り口は当時から存在し、事故は万の一つもないと説明がなされた。

*47　ロバート・オッペンハイマーは原爆の父と呼ばれる人物であり、マンハッタン計画のリーダーだったが、広島と長崎での被害の凄惨さを知った後、激しい後悔に見舞われ、原水爆反対運動を積極的に推進していくようになる。

*48　この台詞は、信じられないことだがほとんど実際の記録からそのまま用いた。私の創作ではなく本当にこう言って住民を説得した広島出身の東電社員が実在したのである。中嶋久人著『戦後史のなかの福島原発』などに記載がある。

*49　上演時にはこの「反対しねがった」という台詞は、客席に向かって言うように演出した。観客全員に突きつけるような言葉にしたかったからだ。特に東京の人間は、原発の電気を使いながら、原発に反対しないことによって地方に原発のあることを黙認する

という態度を取り続けてきた……あるいは取り続けているが、その態度に対する作者なりの抗議である。

＊50　このシーンは非常に暑苦しく、例えるなら70年代のつか芝居のように演じられる。青春だからである。

＊51　この台詞のこの部分には、大量にカットした台詞がある。上演用には長すぎたのでカットしたのだが、作家としては気に入っているので、ここに転載しておく。「……田舎では、おめの人生はおめ以外の人が決める。親戚だの親戚の兄妹だの親戚の兄妹の上司だの、わげのわがらねぇ人達が口はさんできて、おめの人生はいつの間にかおめ以外の誰かによって決められっちまう。東京は違う。お前が画家になろうと八百屋になろうと、いんや、忍者になりてえとか天狗になりてえっつっても構わね。東京は、自分で決められる。田舎は決めらんね。だべ？　わがの畑に何植えっぺってなことでさえ、農協だの親戚だのが口出してくる。予算なんかちっともねぇから、町じゃ何一つ決めらんね。県や国の顔色伺わなくては、街灯一つたてらんね。田舎は自分で決めらんね。だけど、それも変わってぐ。これからはこの町も自分で決められるようになる。これからは自分で決めねばダメだ。」

＊52　この人物は筆者の創作だが設定や発言内容は中曽根康弘氏を大いに参考にした。１９５４年に初めて原子力推進予算を国会に提案した人物であり、その後も科学技術庁長官や原子力委員会・委員長などを務め、日本の原子力政策を大きく推進した。

＊53　これは中曽根康弘氏が実際に、原発反対の学者たちへ向けて言った言葉として記録されている。

＊54　岸信介は総理大臣就任中の１９５７年に国会で同様の発言をし、野党から大きな反発を受け撤回した。

＊55　この部分にも、上演時にカットした台詞があるので付録として掲載しておく。**真**「……もしかすっと百年、いや下手すっと千年、ここには、人が住まねえかもしんね。この双葉と大熊には。……ここだけ千年、時間が止まったごとなって、後々まで残るとしたら……。俺や、忠兄ちゃんや、孝兄ちゃんが背丈を刻んだ、この大黒柱がさ。人類の歴史んなって、千年後の人の観光名所になってるかもしんね。」**美弥**「んなこたあねぇべ。」**真**「わかんねぇよ。貝塚なんて、ありゃ原始人のゴミ捨て場だかんね。ここも、……双葉も大熊も、放射能のゴミ捨て場になって、貝塚のよに千年後、社会科見学の子供らがわぁわぁ来るようになるかもしんね」。

## 参考文献

参照した書籍は数十点に及ぶが特に印象に残ったもののみ列挙する。
特に本戯曲において直接的に引用を行ったものについては＊マークをつけた。


＊中嶋久人『戦後史のなかの福島原発　開発政策と地域社会』（大月書店）
＊田原総一朗『ドキュメント東京電力　福島原発誕生の内幕』（文春文庫）
＊開沼博『「フクシマ」論　原子力ムラはなぜ生まれたのか』（青土社）
＊有馬哲夫『原発・正力・CIA　機密文書で読む昭和裏面史』（新潮新書）
福島民報社編集局『福島と原発　誘致から大震災への50年』（早稲田大学出版部）
武田徹『私たちはこうして「原発大国」を選んだ　増補版「核」論』（中公新書ラクレ）
本間龍『原発プロパガンダ』（岩波新書）
若杉冽『原発ホワイトアウト』（講談社文庫）
門田隆将『死の淵を見た男　吉田昌郎と福島第一原発の五〇〇日』（PHP研究所）
渡部行『「原発」を誘致しよう！　優れた電源、地域振興で大きな成果』（日工フォーラム社）
双葉町史編さん委員会『双葉町史』（双葉町）

# 第二部

# 1986

# メビウスの輪[*1]

## 登場人物

**忠**　穂積忠《ただし》。44歳。元県議会議員であり、原発反対派のリーダーだった。[*2]

**美弥**　穂積美弥。44歳。忠の妻。聡子《さとこ》（24）・明子（21）という娘がある。[*3]

**久**　穂積久《ひさし》。17歳。忠の子。高校2年生。忠の政治活動を良く思っていない。

**モモ**　穂積モモ。15歳。人間で言うと80歳。穂積家で飼われている犬。

**丸富**　丸富貞二《ていじ》。60代。社会党所属、双葉町出身の福島県議。忠の師であり友、かつ先輩。

**吉岡**　吉岡要《かなめ》。30代。自民党所属の双葉町議・平島の秘書。

**徳田**　徳田秀一。23歳。忠の娘・聡子の婚約者。東電社員。

その他、第八景に登場する**記者**（丸富・吉岡・徳田らを演じる俳優が演じる）。

## 場所・時代

第一景から第五景は１９８５年10月20日[*4]前後のある日。忠と美弥・久の住む家の居間。

第六景以降の場面は１９８６年５月初旬。双葉町役場の町長室。第九景で再び居間。

# 第一景　モモの死

舞台上にはボロ雑巾のように力をなくした穂積家の愛犬・モモが横たわっている。モモには取っ手がついており、俳優が操作できる。モモの隣にはモモ役の俳優が立ち、息も絶え絶えという様子のモモを操作している。

**モモ**　その日の朝は、おっそろしい寒さでした。おっそろしく寒《さみ》ぃ朝は、おっそろしく美しいもんです。空気がピカピカして、ちびのつららぁぶら下がって、お皿の水が凍って、何もかもが透き通ってる。おっそろしく美しい！　そんで、ああ、おら、これがらお散歩で、さくさく霜柱ぁ踏むんだ、今年はじめての霜柱を！　そう思うとハー、じっとしていらんねえで、ワンワン！　それにおらはもう知ってました。こいづがおらんとって、最後の朝のお散歩んなるっづうことを。ワン！[*5]

おらたちは人間たちと違って、寿命自体が短えから、その分はっきり、くっきり、一日一日が見えんです。だからそのおっそろしく寒い朝がおっそろしく素晴らしい一日の始まりだってこともすぐわかったけんちょも、これがおらにとって最後の一日だっつうこともすーぐわがりました。お腹の下の方がなーんかずっしり重ぐで、体ぜんぶがびちゃびちゃのモップんなったみてえで、だるい。とてもじゃねえけど動きたくねえ。ウー。おらは、お父さんがお迎えに来るまでじっとして、尻尾一振りだってしねえかんなって決めました。ほんで朝日が、凍ったお皿の水ぅ、少しずつ、少しずつ溶かしてぐのを、じっと眺めてたんです。

おらは思う。こんな美しい朝が、おらの最後の朝だなんて、おらあやっぱり、果報者《かほうもん》だあ。

忠が現れる。綿入れを羽織り、寒さに震えている。

**モモ**　お父さんが迎えさ来たのは、いつもより三十分も早い六時半。なーんだべお父さん、今日は随分張り切ってるみてぇだなァ。

**忠**　行くべ、モモ。ダッシュだ。

**モモ**　末期がんの犬に、ダッシュは無理だべ、お父さん。

**忠**　なあんだ、おせえなあ、モモ。つれえか?

**モモ**　すんげえつれえ。けどすんげえ楽しいです。ワン!

忠　そうが、楽しいか。ほんなら走ってみろ、ほれ！
モモ　お父さん、それは無理です……。

忠とモモは、よたよたと駆け足で散歩に出かける。

モモ　庭の砂利っこさぁじゃりじゃり踏んで、アスファルトんとこどんどこ行ぐと、待ってましたの土手っ腹です。ざくざく、ざくざく音立てる土手っ腹をざくざく駆け上がってってっと、うんと遠くまで見渡せんだ。左側に見渡せる町は、朝日と朝つゆできらきら光って、実に美しい。右側を見渡すと海、低くたなびく雲と水面《みなも》を太陽の光が貫いて、実に美しい。うーんと右の遠くの方には、真っ白いお豆腐みてえな原子力発電所が、海に突き出すようにして建っててんのが見える。いつもそっちから、いっぺえかもめが飛んでくんです。おらこの町しか知らねけんちょ、こんなに美しい町は世界に二つとねえべなあと、ワンワンワン！
　この町の景色は、おらが生まれたこの十五年でうんと変わりました。こんもりとした緑の山に囲まれて白く輝いている小学校や体育館、町役場の建物は、どれもおらが生まれた頃にはなかったもんです。法人税・固定資産税の税収増および電源三法交付金による歳入増は原発の営業運転前後で最大二十四倍にも及び、道路や水道、役場庁舎や学校など公共施設が次々と新調されたのです。

生きるっつうことは、変わり続けるっつうことです。すなわちこの町も、生きてるっつうことんなります。町は生きていて、いつもおらに声をかけてくれる。そんでおらはこの土手っ腹から、元気にお返事を返すんです。ワンワン！　人も犬も人間も、変わり続けて、最後には一体何になんだべな？　おらが死んだら、おらの存在はどうなんだべな？　みんな、どうなんだべな？　いくらでも考えていることができます。ワン！

**忠**　モモ？

モモは地面にぐったりしてしまう。

**モモ**　だけんちょその日は、さすがに腹の具合が悪ぐて、お散歩も二十分と続きませんでした。家《うち》さ帰っとお茶の間に上げてもらって、ぐったりです。カーペットのふかふかが実に気持ちいい。お父さんは何やらバタバタ出ていっちまったけんちょ、お母さんがずっとそばにいてくれて、あったけえミルク飲ませてくれたり、おぼっちゃんはぽろぽろと涙流しながらずっとおらの毛ぇ、ふっさふさなでてくれたり、ほんとのとこおらは、腹は痛えけんちょ、こんなにいい日はねえもんだ、やっぱおら果報者だぁとさえ、思ってたくらいなのです。お昼過ぎに一度、お医者さんさ行って、お注射打ってもらいました。お注射というのは実に素晴らしいもんです。あんだけ痛かった腹っぽこが、今じゃもうちっとも痛くねえんですから……。

それから……。それから夕暮れ、だんだん暗くなってぇ、だんだん、だんだん、気づくとおら……真っ暗な中にぽつーんといて、何の音も聞こえねぐなって、おや、おぼっちゃんの手ももう感じねえ。いつの間にかすっかり、中有《ちゅうう》の闇、*6 つうもんに沈んでました。

おらは、死んじまったのです。


そしてモモは動かなくなる。音楽が流れ、暗転。

字幕が表示される。

福島三部作　第二部『1986年：メビウスの輪』
1961年　双葉町議会が原発誘致を議決（第一部）
1971年　東京電力福島第一原子力発電所　営業運転開始
1972年　本作の主人公・穂積忠　反原発運動リーダーに
1975年　穂積忠　県議会議員落選　以後3期連続落選
1985年　双葉町長・田中清太郎に公金不正支出疑惑
そして1985年、10月末のある夜

## 第二景　美弥と久の反対

部屋の隅に、毛布をかけられたモモの死体が安置されている。美弥と久がこたつを囲み、突っ伏している。そこへ襖《ふすま》をガラリと開けて、忠が飛び込んでくる。

**忠**　モモは！　モモ！　……なんだ、寝てんのか。（と早合点し、モモから目をそらして）あー、お茶くれっか！　お茶！

こたつの影からむっくりと美弥が起き上がる。

**忠**　喋り過ぎだ。喉、カラカラだあ。……いいが、変わっぞ、この町は、何もかも……。今日の町民大会の、あの盛り上がり！　空前絶後だ。この町の連中があんな、熱心な目ぇして、一言も聞き漏らすものかっつう勢い、食い入るようにして……。ハッハッハッハ！　生まれ変わっぞ、この町は。今までの膿《うみ》みんな出し切る。それまでこの勢いは止まんね。
二十五年。二十五年であります。田中清太郎町長*7の長きに渡る長期政権は、見えない形でこの町のあちこちを蝕《むしば》み、歪めていた。その二十五年分の歪みが、今、まさに、こうして表れているのであります。……例の下水道工事への公金の不正支出。新たに明らかんなった不祥事の数々。今求められているのは開かれた政治、明るい政治、クリーンな政治ではねえでしょうか。私たちの血税が……おおう。あんがとな。喋り過ぎだ。喉、カラカラだあ。

美弥はお茶を出す。

忠　私たちの血税が、どんな汚い水路を通ってあの下水道に流れ込んだか。徹底的に明らかにせねばなりなせん。私たち、「双葉町を明るくする町民大会」会員一同、手と手を取り合い、この不正を徹底的に糾弾、追求していこうではありませんか！（返事がないので）……ありませんか！（おかしな空気を嗅ぎ取り）……ありませんか？
美弥　死んだ。
忠　え？
美弥　死んだよ。モモ。つい、さっき……。
忠　ええ？

**美弥**　佐藤先生んとこさ連れてって。先生も、犬は初めてだーなんて言いながら快く見てくれて。痛み止めさ打ってくれて、人間用だけんちょ効くはずだ……なんつってたら、本当に楽そうになってってねえ。それからは、ずーっとうとうと、うとうと……。ほんでついさっきまでスゥスゥ寝息立てて、気持ちよさそーに寝てたんだけんちょ、気づいたら……。気づいたら、死んでた。眠るように、死んだ。モモ、死んじまったんだよ。もう……。

**忠**　ほうが。間に合わねがったか……。

**美弥**　なしてあんた、早う帰って来ねがったの！

**忠**　悪ぃ。

**美弥**　悪ぃよぉ！　モモ、苦しかったねぇ……。つらかったねぇ……。さみしかったもんねぇ、お父さんいなぐって……。

**忠**　悪ぃことしたなぁ、モモ……。本当に……。

**美弥**　朝から晩までおめ、どこほっつき歩いでたんだ！

**忠**　町民大会さ呼ばっちゃから……。

**美弥**　町さ良くする前《めえ》に、この家《うぢ》のことさ良くしてもらいてえな！　今日も一日、おらにだけ店番押し付けて！　配達も行きゃしね！　挙句の果てにモモがこんななのに、ほっぽらかして、鬼！　悪魔！　畜生以下だ、おめは！

**忠**　犬様の死体の前で、そったらこと言うでね。

**美弥**　うわああああああああん！　うわあああああ！（と忠にしなだれかかる）

**忠**　うっつぁし！　待ってろ、今、手ぇ合わしてやってんだべ！

忠はモモの遺体に手を合わせる。

**モモ**　ありがとう。お父さん。おらは、死んじまっただ……。

**美弥**　こったらとき……。どこさ連絡すればいいんだべなぁ。

**忠**　坊主。

**美弥**　は？

**忠**　医者の次は坊主。決まってっぺ。今夜が通夜ってことになんだべから、今のうちに蓮行寺《れんぎょうじ》の和幸《かずゆき》さんに電話一本入れて……。

**美弥**　ふざけてんでねぇぞぉ。

**忠**　ふざけてね。モモは立派な家族だあ。通夜ってことんなれば、布団敷いて、線香たいて、人間様とおんなじように、してやったらいいべ。

**美弥**　前、篠崎さんとこで飼ってた犬が亡くなったときは、わらと一緒に燃しちまったっつうけんちょ。*8

**忠**　おめ！　モモは家族だぞ。

美弥　だけんちょ、犬だべ。

忠　犬でも家族だ。

美弥　犬に念仏あげてやったなんつう話、聞いたことねぇべ。

忠　あっぺぇ。丸富さんとこで飼ってた猫は、おめ、戒名《かいみょう》までもらってたぞ。

美弥　へでなし*9こくでね！

忠　へでなしでねぇ！　墓さ行ってみろ、ちゃーんと卒塔婆《そとうば》も立ってっから！

美弥　犬の卒塔婆なんてあるわけねぇべ！

忠　ある！

美弥　あぁ嫌《や》んだ。こんなときまで口先ばっか……。

忠　あとで丸富さんさ訊いてみろ。今晩来っから。

美弥　（驚いて）……なして。なしてこんな晩に。

忠　こんな晩、だからだ。言ったべ、町民大会、すんごい盛り上がりだったって。

美弥　だからなして。

忠　そんで何だか、人を紹介したいっつうことだから、今に来る。

美弥　誰、連れてくんの。

忠　誰だかまでは聞いてね。んだけんちょ、誰か……人さ連れて、来るよ。今に。

美弥　……断って。

忠　バカこの。丸富さん、たっての頼みだ。断れるわけあっか。……さぁ、布団敷いてやっぺ。案外と来っぞ、弔問客が。今晩はちっと、騒がしい夜んなる。

久が立ち上がる。

久　約束が違《ちが》。

忠　何。

久　政治にはもう首、突っ込まねえって約束したべ。*10

忠　町民大会さ、出ただけで……。

久　それがいけねっつってんだ。友達から聞いたぞ。「元」原発反対同盟リーダー、「元」県議会議員、「元」社会党……なんて紹介されて。壇上さ登って握り拳作って、三十分も熱弁振るったって。

忠　地区労の横川さんに頼まれて、少し話、しただけだ。

久　最後には、今さら原発反対の話までおっ始めたとかってなあ。

忠　反対の話なんかしてね。原発が、町の形さ変えちまったと、そういう話を……。

久　今さらんなこと言って何になる。やめたんだべ、ハンタイも、ドウメイも、リーダーも。それが何だ、未練たらしく……。

**忠**　うっつぁし。

**久**　未練があんだべ。原発反対運動では、誰も動かせねがった。聞いてもらえねがった。それが、今回の汚職事件では、みんなが話さ聞いてくれる。みんなを動かせる。

**忠**　おらは今も昔も、この町のためさなることやってやりてえと、思ってるだけだ。

**久**　ほんなら約束破ってもいいのが。もう政治には関わらねえ。原発反対にこだわって、三回も選挙に落ちて、そう約束したべ。

**モモ**　こんなとき、おらが生きていれば、怒り狂うおぼっちゃんに愛らしくじゃれついて、議論に水を差してやれんのですが。

**忠**　今回きりだ。今回きり……。

**久**　信用できねえ。大体、モモに悪いと思わねえのか。

**忠**　それは、おめえ、まさかこんな早えとは思わねがったから……。

久は立ち去る。

**美弥**　久ねえ。学校で、笑われんだってよお。またおめんとこの親父が騒いでたってな、駅前で見たぞお、原発ハンターイ、ハンターイ、って……。

**忠**　んだから今回のは、そういうのとは違《ちが》。

美弥　違わねえ。おんなじだ。選挙に出ちゃあ落ち、出ちゃ落ちて……。あんた、わかる？　原発反対って言って、三回落選してんだよ。

忠　……今日の町民大会で喋ったのは、下水道工事の公金不正支出につぃてだ。この町の政治が歪んでる。二十五年、同じ人間が町長やってたら、馴れ合いもある、汚職もある、利益供与もある……。そういう話ぃしたんだ。原発の話は、そのつぃでで。

美弥　そのついでが余計なんだべ！　……今どき原発反対の話なんてすんの、頭のおかしな奴しかいねえべ。

忠　んなことね。石岡さんみたく、続けてる人だって……。

美弥　石岡さん。ほーれ。頭、おかしいでねえか。*11

忠　んな言い方あっか。

美弥　あんたには、わかんねんだよ。遠くばっか見てっから、身近なことが……。

原発ができて、もう十五年以上経つ。反対なんつってみろ、すーぐ村八分だ。みんな原発で働いてんだかんね。うちのお酒だって、東電さんに随分たくさん買ってもらってんでねえの。

忠　買ったんだから黙ってろ、なんつったら、買収と同じだ。

美弥　何でもいいから静かにしてて。

忠　そうやって黙らされてんだ、政治家も役人もマスコミも！　これでは言論統制であります！

美弥　また始まった！

忠　大体！　原子力研究の希薄な日本において、世界にも類例の少ない百万キロワット級の大型原発が、こんな狭え双葉地域に過密・集中してることにまず問題がある！

美弥　ないッ。

忠　第二に！

美弥　聞いてないッ！

忠　核廃棄物、すなわち使用済み燃料の処理方法が確立しないまま原発を稼働し続けるのは、将来に問題を先送りする態度に他ならず、孫子《まご》の代への重大な裏切り行為である！

美弥　アー（と耳を叩く）！

忠　第三に！　原子力を規制する委員会と推進する委員会が、どちらも同じ経済産業省に属しているのは、安全審査の自主性・公平性の観点から、*12

美弥　黙れッ！　大体、あんた……明子のことも、聡子のこともあんだよ。立場っつうもんを考えてくんねっきゃ。

忠　……それとこれとは、話が違うべ。

美弥　違わね。聡子の立場も考えてくんねっきゃ。

ピンポーン、と呼び鈴の音。

忠　……何してんだ。丸富さんだべ。お通しして。

美弥　こんな夜ぐれえ、静かにさせて。

忠　ああ。すぐ帰ってもらうから……。

美弥　おめらの話がすぐ終わった試しがね。

忠　政治の話はしね。

美弥　絶対だど！　丸富さんだからって、長居してもらっちゃ、困っかんな！　あたしだって……、あたしだって政治はもう、懲《こ》り懲《ご》りなんだから。

美弥が出て行く。

忠　全く今晩は……。騒がしい夜だ。本当に……。
（モモの遺体に近づき）いっつもキャンキャン八釜《やかま》しい、おめがいねえのに騒がしい。朝も晩も散歩させがむ、おめがいねえのに騒がしい。……おめえ、なんも、オラがいねえときに逝っちまうことねえべ。

モモ　全くだあ。おらちっとばかし早く、死に過ぎたんじゃねえかって気がしてるよ。

美弥が入って来る。

**美弥**　あんた。

**忠**　なに。

**美弥**　徳田さん。

**忠**　へ？　なして？

**美弥**　何でも急な用事だとかで。どうしてもお目にかかりてえっつう話で……。

**忠**　困っぺしたァ。この後、丸富さんと……あと誰だかお客もあんだから。

**美弥**　困るっつわれたって困る。

**忠**　また今度にしてもらえねえのか。

**美弥**　ほんなの、あんたから言って。

**忠**　通しちまったの。

**美弥**　いねえとは言えねえべ。何とかしろ。

**忠**　そうやってすぐ、おらに丸投げする。

**美弥**　そうやってすぐ、おらのせいにする。

**忠**　……お通しして。用件だけ聞いて、早く帰ってもらわねっきゃ。

美弥が出て行く。

**忠**　全く、本当に……。騒がしい夜だなあ。モモ。

**モモ**　んだねえ。だけんちょ、お父さんは気づいてねえようだけんちょ……、みんなお父さんのことが大好きなんだよ。

**忠**　「何でもいいから静かにしてて」、か……。おらぁ生き方、間違えたぁ。今や汚え小せえ、酒屋の店主。「政治はもう懲り懲り」だとよ……。

**モモ**　お父さん、人生まだこれからだよ。死んじまったおらが言うんだ。間違いねえべ。

**忠**　んだかなぁ……。ん？（と辺りを見渡す）

## 第三景　徳田という男

美弥が襖《ふすま》を開け、徳田を案内する。スーツを着た行儀の良さそうな青年。

**美弥**　どうぞ。

**徳田**　失礼します！　夜分にどうも、恐れ入ります。お時間頂けて恐縮です。

**忠**　はあ。

**徳田**　いやしかし冷えますもので！　以前お邪魔した折には車窓に紅葉《こうよう》が鮮やかだったものですが、今日はすっかり冬景色、本格的な冬到来といった趣きで。いや全く。ハハハ。

**忠**　はあ。

**徳田**　失礼しました！　ご挨拶の順序が逆でした。先日はすき焼き、ご馳走様でした！　とっても美味しかったです。最初こそ緊張しましたが、一緒に鍋をつついていると、あたかも実家に戻ったような、まるでもう家族になったような、そんな暖かい気持ちになりました。

忠　思えば私は、福岡の実家では一人っ子でして、ああして大勢で鍋をつつくということ自体、大変珍しく、そもそも徳田家の歴史を紐解《ひもと》けば、元来……。

徳田　徳田くん、徳田くん。

忠　はい。

徳田　ご用件は？

美弥　あっ、ハイッ。失礼致しました。実は……、すみません、舌の根がカラカラで。

徳田　お茶どうぞ。

美弥　ありがとうございます。頂きます。

徳田、お茶を飲む。

徳田　アツッ！

美弥　あら熱い？

徳田　イエ、熱くないです！　頂きます！（と飲み干す）

忠　いや熱いべ！

徳田　イエ……エホッ、エホッ、美味しゅうございました！

美弥　そう。

徳田　はい。
美弥　大丈夫？
徳田　大丈夫であります。
忠　そいで、どしたの。
徳田　それが、実は。……お約束していた来週の、結納《ゆいのう》に関することなんですけれども……。
忠　結納？
徳田　はい。来週土曜、大安吉日にということでご予定を頂いていたと思うのですが、それをですねどうしても、どうにかズラして頂けないか、というご相談でして……。

忠と美弥は、ぽかんとしている。

徳田　本当に、大変申し訳ありません！　せっかくお時間頂き話し合い、しかも私の方の家の事情で、略式でやらせて頂くという風に譲って頂いたものを、それをまた私の一方的な都合で変更する、というのは、これはもう怒られても怒鳴られても仕方のない話ですが、しかし、
忠　いいよ。
徳田　……はい？

忠　うん。仕方ね。延期すっぺ。いつがいい？　一週間後？

徳田　すみません。

忠　何が？

徳田　やはり……。怒っていらっしゃいますよね。

忠　ああいや、怒ってね。全然、怒ってねえ。

徳田　怒られても当然です。大変、申し訳ありません。

忠　怒ってねんだ、本当に。うちはあんまそういうの、こだわんねえ方で……。なぁ？

美弥　えぇ。

徳田　本当ですか。

忠　うん。翌週とか、翌々週とかで、どこか徳田さんの都合のいい……。

徳田　それが実は私が来週から一ヶ月半、東京本店に急に出向になりまして……。

忠　んだか。つうと年末か、年明け……。

徳田　しかし結婚式はもう来年の4月。半年を切っているというのはどうにも失礼な気が致しまして。それで慌てて、こうして参上したというわけでして……。

忠　いいけどねえ。うちは別に……。なぁ。

美弥　んだ。

忠　もともと……まぁ兄貴が出てっちまった都合で一応、今はうちが本家っつうことにはなってっけんちょ、格式張るほどの家柄でもねえし、いいんでねえか、こないだみたくご飯食べてお話する……ぐれえのもんで。

徳田　いえ。父も、……あのもう本当に出て来られないことを心から申し訳なく思っておりまして、

忠　だからいいんだ、それは。九州からなんて大変だべ。それに……。

徳田　だからこそせめて結納は、形だけでもきちんとさせて頂きたく……。

忠　それで十分だ、それで。

徳田　それで、と言うのは。

忠　だからそういう、きちんとした気持ちをな、君が持ってくれているっつうことさえ確かなら、

徳田、立ち上がる。

徳田　もちろんです！　気持ちは、きちんとしております。

忠　わかるよ！

徳田　私、徳田秀一は！　聡子さんのことを、心から、愛しています！

忠　あんまり大声で言うもんでねえよ。

徳田　私にとって聡子さんは、言わば真冬に咲くひまわり！　凍る湖の白鳥！　山の神！　単身

赴任の私にとって良き友であり、相談相手であり、ここ双葉の案内人であり、尊敬すべき先輩でもあります。あ、いや、今のは別に、聡子さんが年上なのを言っているわけではなくてですね、気の持ちようと言うか！　気分が、ね！

**忠**　わかっから。

**徳田**　本当に申し訳ありません。しかし本店への出張ですから、何分、これは言わば聡子さんのためにもと言うか、出世にも繋がる話なんです。ですから、ここは一つ……。

**忠**　だから、いいっつってっぺ。

ピンポーン。と、チャイムの音。

**美弥**　（腰を浮かせて）来たかな。丸富さん……。

**忠**　見て来《こ》。もう十分遅えし……。

美弥、出て行く。

**徳田**　失礼致しました！　先約がおありだったんですね。丸富さんと言えばあの、県議会の……？

忠　ウン、まぁね。
徳田　そんなお忙しいときに、失礼しました。
忠　結納の日取りならまた、別の機会に。
徳田　必ず良い日取りを、ご提案させて頂きます。それから……またゆっくりお話させて下さい。弊社としましても、まだまだこれから、勉強させて頂きたいことがたくさんございますし。
忠　いいよ、そんな。
徳田　今後も何卒、ご指導ご鞭撻のほど、よろしくお願い致します。……失礼致します。

徳田、立ち去る。*13

忠　あの子もなあ。いい子なんだけんちょも……。しかしマァ、騒がしい夜だ。なあ、モモ……。
モモ　ほんとにねぇ。

外から美弥と丸富らの声がする、「さ、どうぞ」。「やや、失礼。お邪魔様」……。

忠　さて、またもう一つ、騒がしくなるか……。
モモ　ワン！

忠　ン？

忠は辺りを見渡すが、部屋には夜が満ちているだけである。……

# 第四景　二人の来訪者*[14]

襖戸が開き、スーツ姿の丸富*[15]と吉岡が入ってくる。
続いて美弥が部屋に入り、襖を閉める。

**丸富**　どうもどうも、夜分どうも。（拍手をしながら）いやはや、どうも今日は大役ご苦労さん、忠くん。
**忠**　イエ。
**丸富**　いやはや、マァ！　すンばらしい演説だったナァ！　今日の忠くんと来たら、いやはや、マァ、見してやりたかった。盛り上がったナァ、かつての闘士現る！　たぎる会場の熱気！　いやはやマァ。
**美弥**　ハァ。
**丸富**　彼が壇上に上がるや否や。まずは大歓声。忠さん、忠さんと、呼び声鳴り止まず。そんで彼がスッと右手上げっと、今度は静寂。一言も聞き漏らすまいと、群衆は水を打ったようだ。そして演説の内容と来たら、まさに掛け値なし。あれほど舌鋒《ぜっぽう》鋭く、この町の政治の痛いところをグサグサと！　あの演説ぁ、忠くんにしかできねぇ。

**忠**　いやオラはもうかれこれ十年、落選、落選で政治とは無縁。もちろん、カネや利権とも無縁だかんね。言えんです、言いてえことが。

**丸富**　謙遜《けんそん》すんでねぇ。言葉、つうのは不思議でな。普段考えてっことがそのまま出る。今もぁあいう立派な演説がやれるっつうのは、おめが普段から立派な考えを持ってるつうことだべ。

**吉岡**　お見事な演説でした。

**忠**　いや、どうも。

**吉岡**　感服しました。

**丸富**　こちら、吉岡さん。知ってっかな、ほれ、県議会の平島さん。あそこで秘書をやってる……。

スッと背筋を伸ばした吉岡が、忠へ真っ直ぐ名刺を差し出す。

**吉岡**　はじめまして。吉岡、要と言います。*16

**忠**　はじめまして。平島さん、つうこたあ、んじゃ、自民党の……？

**吉岡**　はい。まだひよっ子ですが、党員として、勉強させて頂いております。

丸富　これがなかなか切れる男で。県連なんかでもバンバン発言して、と……、いやマァ悪いが、茶の一杯くらいもらえっかい。そう短《みじけ》え話でもねえようだから……。
美弥　こりゃどうも、気づきませんで……。

美弥、お茶の準備をする。

丸富　（モモの膨らみに気が付き）ありゃ何だい。
忠　モモです。うちの、飼ってた犬の……。今日、亡くなりまして。
丸富　何だべ！　そりゃいけねえ……。（モモに近寄って手を合わせ）南無阿弥陀仏《なむあみだぶつ》、南無阿弥陀仏、っと……。いやはや、マァ、こりゃ大変な日にお邪魔しちまったなあ。出直すべか？
忠　いいんです。寿命ですから……。
モモ　がんは寿命だべか？
吉岡　私も……（と手を合わせて）。お線香の一つでも、あげさせて頂きてえとこですが。
忠　いいえ。モモも喜んどります。……吉岡さんは、ご出身はどちらで？
吉岡　浪江《なみえ》です。
忠　あぁ、そりゃ。
丸富　東北大学の理学部さ出て、東大の院まで行がれてる。大変《てえへん》なエリートだ。

忠　東大の院？

吉岡　はい。

忠　あぁ……いえ、うちの兄貴も、東京さ出て東大の院まで行ったもんですから。吉岡さんとは、十歳以上離れてるでしょうから、知るわけねぇと思いますが。

吉岡　存じ上げております。三井系の原子力研究所へお入りになった、穂積、孝さん。*17

忠　そうです！

美弥　知ってんですか。

吉岡　お会いしたのは一度、ご挨拶程度ですが……論文など拝読させて頂いて、勉強させて頂いております。

丸富　いやはや！　これもご縁だなぁ。そうですかあ。孝くんと。

吉岡　全くで。

忠　いやしかし、今日はどういう……。

丸富　それがなぁ。

丸富はもう一度、モモの死体に手を合わせる。
立ち上がり、忠を見下ろす格好で話し始める。

**丸富**　忠くん。おらほの町は、君の愛犬とおんなじだ。一度死んだ。――田中町長はいよいよ、辞職する。

**忠**　不正支出への、関与を認めたんですか。

**丸富**　認めっか。死んだって認めね、あの男は。……そもそも直接手を汚したなんつう証拠は永遠に出て来やしね。だが関与は明らかだ。二十余年に渡る長期政権による内部腐敗。経営する田中建設やその下請けへの間接的な利益供与。例の下水道工事の件だけでなく、水道課主査と土木課長の横領まで明らかんなった。めくら判《ばん》でもハンコはついてる、知らぬ存ぜぬでは通らねえ。特別委員会の出した結論も、町長の関与を断定した。*18

**忠**　そこまで踏み込みましたか。となっと、田中さんは……。

**丸富**　辞めっぺな。でなきゃ不信任決議案出されて、終わりだ。だったら自分で辞めっぺ。

**忠**　でしょうね。

**美弥**　田中さん、っちゅうたら……お父さんも付き合いあったでしょ？　それに、明子の祝言《しゅうげん》のときにはお祝いを頂いて。

**忠**　この町で、田中さんの世話になってねぇような人はいねぇ。うちも……それこそうちがここさ越してくる、土地売買の話んときだって、東電との間さ入ってくれたのは田中さんだ。

**丸富**　んだ。原発誘致も、推進してた。

**忠**　経営する田中建設は、ただでさえ随分潤ったはずです。そこへ来て、自社に発注した下水道工事に、公金を不正に支出……。人間、欲には限りがねえなあ。

**丸富** 汚職の金額も大《てぇ》したもんだが、立て続けだかんなあ。地方行政では起きやすいタイプの癒着だ、なぁんて訳知り顔にテレビのコメンテーターが言ってたけんちょ……。

**吉岡** 明日にも記者クラブで会見があります。東京からも記者が来て、大変です。

**忠** うちの弟がマスコミです。ことによっと来っかもしんねえな。

**丸富** 弟って、真くん？　テレビ局さいんだっけ、今？*19

**忠** んです。電話かかってきたけど、俺ぁ知ってることなんてねえっつって、切っちまった。

**丸富** 懐かしいナァ。おめら三兄弟、いっつも棒っきれ振り回して、その辺の野っ原、うろちょろして……。

**忠** 変わりました。あの頃とは……。

**丸富** んだなぁ。……原発ができて、この町は変わった。税収も増えた、雇用も増えた。特に土建業は儲かった。原発建てて、土建屋が儲かり、税金が入る。そのまた税金で公民館さ建てて、土建屋が儲かり、まーた税金が入る。町長で建設会社の社長なんて立場さいれば、不正に手は出さねえにせよ、マァ触れずにいる方が難しいってぐれえのもんだべ。――双葉の天皇と呼ばれた男の、当然の末路かもしんねな。

しかし。いやはや、マァ。こっから先は、吉岡くんに話してもらった方がいいべ。

**吉岡** ハイ。

忠　何でしょう。

吉岡は忠に改めて向き直る。

吉岡　このままトントンと行けば田中町長は来週末までには辞任。次期町長選挙の告示は12月初旬になるだろうとの見込みです。大本命は、12月3日。……候補は今、3・4名が取り沙汰されていますが、自民・保守で間違いなく一本に絞って来る。社会党系の候補と一騎打ちという構図になるでしょう。
丸富　だべな。マァ、正面からぶっつかったら、我々社会党に勝ち目はあんめえ。
忠　ハァ。
吉岡　今回の選挙で求められるのは何か。――当然、行政の健全化です。保守系は何とか、田中さんの息のかかっていない候補を擁立《ようりつ》したい。しかし、これがなかなか難しい。今のところ伊原さんが最有力と言われています。
丸富　伊原くん。確かおめ、同級生だったべ。
忠　ハイ。
吉岡　自民・保守の主流派が伊原さんにつく。県議会の笠木さんの後援会も支持に回るそうですから、2500票は固い。有権者数約六千のこの町ではかなりの数です。しかし……。[*20]

忠　しかし？
吉岡　ここが、怪しい。伊原則夫と言えば、田中町政で町議会議長までやった男です。言わば田中さんの腹心だ。そんな人が、これだけの汚職と横領があった後で、いくら自民・保守の主流派を従えたからと言って、すんなり2500票、集められるでしょうか。いや、こう言った方が正しい。この2500票の中には、ずいぶん「しぶしぶ」伊原さんを推す人が多い……。何なら別の人がいいと、こう考えている人さえいる。私もその一人です。
忠　成る程……しかし、その話をなんで私に？
吉岡　双葉町には、新しいリーダーが必要だ。しかし受け皿となる人がいない。
忠　困ったもんです。
吉岡　ええ。じれったくは、思いませんか。
忠　じれってえ、と言いますと？
吉岡　じれったいと言えば、その意味はすなわち、じれったいです。
忠　その言い方が、じれってえな。
吉岡　もうおわかりのはずだ。
忠　そう言われても。
丸富　ハハハ。忠くんはねぇ、こうなんだよ。謙虚なんです。
忠　何がです。

**丸富**　じゃオラから言うが。……忠くん。今日の演説、素晴らしかったぜ。あの調子で一つ、やってみねえか。

**忠**　何を？

**丸富**　町長選挙さ。

間。

忠は驚いて、立ち上がる。

**丸富**　ハハハ！　何だおめ、大袈裟に！　その気、あったんだべ？　なあ？

**忠**　イヤ……。

**吉岡**　あなたは元、原発反対派のリーダー。元、社会党系・県議会議員。つまり田中町長とはまさに対極にいた人間です。汚職との接点は一つもない。それどころか腐敗した権力への抵抗者というイメージすらある。あなたの実直なお人柄は町民すべてがよく知っています。町の政治の立て直しに、これほど相応しいリーダーがいるでしょうか？　無所属であなたが立てば、自・社両党が応援に回れる。元田中派から流れてくる者も少なくないでしょうから、伊原さんの2500を切り崩せる。……うちの平島も、同じ意見です。*21

**忠**　……お言葉ですが、吉岡さん。

吉岡　はい。

忠　おらはその……平島さんとも県議会選挙で戦ってますが、かつて四回出馬して、三回落選。最後の一回なんかぁ文字通り、箸にも棒にもかかんねがった。おわかりでしょう。この町では今さら、原発反対の人間には、票は集まりません。それは私が、一番よく知っている。

吉岡　その通りです。

忠　なら、どうしろと。

吉岡　——原発反対の旗だけおろして、選挙に出なさい。そうすれば私の読みでは2500、……イヤ3000票。過半数も夢じゃあない。

忠は激昂し、何か言い返そうとするが、言葉にならない。

丸富　マァ落ち着け、おめの言いてえこともわかるよ……。
しかし大体、今さら原発なしでこの町が回っと思うか。道路・図書館・公民館・上下水道、みんな原発の金で建てた。建設だけでねえ、宿泊業・飲食業・小売業・流通業、みんな原発の金が流れた。上から下へ流れ、町の隅々に行き渡った……。
今じゃ四人に一人が原発で働き、税収の半分が原発だ。やめられるわけ、ねえべ。

忠　……そいじゃ現状を追認するだけです。理想を語んのが政治じゃねえですか。

吉岡　違います。
忠　んあ？
吉岡　県議会や町議会の泡沫候補ならそれでもいいでしょう。しかし首長ともなれば、それは違う。
忠　どう違うんです。
吉岡　現実の利害を調整する。責任ある立場の者にとって、それこそが政治です。あなたは、町長になるんですから。
忠　理想は、語んな。
吉岡　現実を見ましょう。そう言ってるだけです。
忠　だけんちょ……、だけんちょおらに言わせたら、原発の安全性は確かとは言えね。ありゃあ悪魔のエネルギーです。確かに大きな力だが、代償が大き過ぎる。
吉岡　だからこそ、あなたなんです。

忠は理屈の「ねじれ」を感じ、腸がねじれるような感覚を覚える。*22

忠　どういう意味です。
吉岡　あなたは変わらなくていい。今まで通り、原発は危険だと言い続けて下さい。

忠　しかし、そんでは、

吉岡　そんでは選挙に勝てね。そうです、だから、こうすんです。原発に賛成しながら、原発の危険を、訴え続けんのです。

忠　……何言ってんです？

吉岡　そのままの意味です。原発の危険は訴えるが、原発には賛成する。

忠　無茶苦茶な話だ。

吉岡　無茶苦茶ではね。

忠　矛盾してる。

吉岡　矛盾はしてね。……原発抜きでは、今さらこの町の経済は回んね。そこはお認めんなるでしょう？　こうなった以上は、議論の余地はねぇ。「賛成」しかねぇんです。しかし、あなたは元々、反対してた。危険を見つけて、言う権利はある。

忠　危険なら、止めるべきではねえですか。

吉岡　それでは食っていけねえでしょう。

忠　いざ事故が起きたら、食える食えねの話でなくなる。

吉岡　その事故が起きねえようにすんのが、あなたの仕事です。あなたが東電を突っつくんです。危険を訴え続けんです。そしてそれが、新しい金を生むことにもなる。

忠　どういうことです。

**吉岡**　今、双葉町は危機にあります。原発の建設が、終わっちまった！　役場も学校も公民館も、建て終わっちまった！　地元の土建屋は、これからどうすんです？　町の税収は、これからどうすんです？　工事がねぇ、となりゃ税収もねぇ、つうことです。今まで入ってた固定資産税、これも十五年で減価償却されて、びた一文残んねぇ。これじゃ建てた箱モノの維持費さえ払えねぇ。雇った人間の人件費も払えねぇ。まして新しい公共事業なんてやれやしねぇ。

　確かにこの町は、以前より豊かんなった。しかし、それで終わりじゃねえ。豊かんなったら、もっと豊かんなんねと、金は払い続けられねえんです。

　そこで。……上手に政府や東電を突き上げて、補助金を出させる。寄付金を寄越させる。こんな危ねえもん引き受けてやったんだ、当然でしょ？　つうことです。そして同時に、高い安全基準を求め、改築工事を続けさせせんです。より安全な双葉町のために。

　こっからは、相手の痛いとこを突き、うまく要求していかねっきゃなんね。それが一番得意なのは誰か。……あんたじゃねぇですか。元原発反対派のリーダーである、あんたじゃねぇですか。


忠は返す言葉が見つからず、しばし言葉に詰まっているが、捻り出すようにして喋る。

忠　危険を煽って、金を引っ張る？
吉岡　言い方が悪いな。
忠　ヤクザのやり方だな。
吉岡　よくある交渉です。
忠　……自分の気持ちに、嘘つけっつうんですか。
吉岡　そんなことは言ってません。正直な不安や怒りを、政府と東電にぶつければいい。
忠　ほんでも、こうは言えね……「この町に、原発は要らない」。
吉岡　当たり前です。……そもそも忠さん、本当にそう思ってらっしゃいますか？
忠　何です？
吉岡　今すぐ全部なくせと、思ってらっしゃいます？　人口八千人中、二千人もいる作業員・従業員・関係者に向かって、明日からクビだと、言えますか？　言えないでしょう？

間。

吉岡　言えるわけがない。
……じゃあうまく、やってくしかない。双葉だけじゃない、この国ぜんぶがそうなんです。
今じゃ電力の4分の1が原子力だ。今さらやめられますか。そもそもあなたは……ご気分を害したら失礼、そもそもあなたは、前回の選挙ではあまり声高に原発反対を訴えなかった。もちろん賛成とも言わなかったが、反対の旗を上げなかった。そうですよね？

忠　そうです。

吉岡　それは何故ですか。

忠　それは……それは支援者の皆様ともよく話し合って。後戻りがきかね以上、いかに安全に町を発展させてくか、考える、訴える、まずはそれをやっていくべきだという話んなって、

吉岡　同じじゃないですか。……私が言ってることと、全く同じですよ。後戻りはできない。ならば、安全を訴え続けるだけ。そうでしょう。

忠　私は危険を訴えてきた。

吉岡　それは安全を訴えるということと、同じです。

忠　私はあなたとは違う。

吉岡　同じです、私たちは。

忠　原発は危険なんです。

吉岡　その通りです。だから安全に使わなければならない。

忠　私の言ってる意味が、わかりませんか？

吉岡　誰よりも私たちは、お互いを理解し合っています。

間。忠は再び、「ねじれ」を感じる。

**丸富**　大丈夫だ。心配すんな。事故は起きね。

**忠**　どうしてです？

**丸富**　起こしたい奴なんか、一人もいねえべ。

**忠**　しかし現に起きてる。

**丸富**　起きてねえ。

**忠**　起きてんです。大きく報道されてねえだけでいくつも起きてる。……昭和48年の廃液漏れ事故。51年の火災。52年の転落事故。55年の高線量被曝、56年の緊急スクラム。*23

**吉岡**　素晴らしい！　本当によくご存知だ。……そうやって追求を続ければ、東電もより安全管理に気を配る。危険を訴え続けることが、安全のため、何よりも大事なんです。

**忠**　危険を訴えることが、安全のために大事？

**吉岡**　そうです。そしてこれは、あなたにしかできない仕事なんです。誰よりも危険を知っているからこそ、安全が守れる。安全を訴えられる。引き受けてくれませんか？　忠さん。

**丸富**　忠くん。

ピンポーン。呼び鈴が鳴る。

忠　（美弥に）見てきてくれっか。
美弥　はい……。

美弥が出て行く。

忠　吉岡さん。……おめと平島さんは、おらを使って、田中派を出し抜きてんだな。この地域の派閥の勢力図を塗り替える……。
吉岡　田中派に任せておいていいんですか？　原発の安全管理を。この町の未来を。……彼らは東電とも馴れ合い切ってる。それじゃいけません。
忠　先ほど浪江の出身と仰った。浪江にも原発建設の計画がありますが……、ちなみに賛成ですか？
吉岡　反対です。もちろん。
忠　どうして。
吉岡　大した理由じゃありません。
忠　聞かせて下さい。
吉岡　自分の家の裏庭に、危険なものを建てたがる人はいません。*24 同じですよ、あなたと……。

忠　しかしこの町は、建ててしまった。どうして建ててしまったんですかね？　一度聞いてみたい。それを決めた、あなたたちの親の世代に。

吉岡　……少しだけ、あなたの意見がわかって来ました。あなたは大したリアリストだ。

忠　政治家はリアリストであるべきでしょう。

吉岡　平島さんの教えですか。

忠　私の意見です。

吉岡　いっそあなたが立候補すればいい。

忠　まさか！　私にそんなネーム・バリューはありません。この町の出身でもない。地方選挙は何よりも地縁・血縁。よくご存知でしょう。

吉岡　ええ。まぁ。

忠　あなたはご自分のネーム・バリューを軽く見すぎている。原発反対同盟のリーダーとして、あなたは全町民に知られている。政府や県議会にも知られている。そしてもちろん、東電にも。大変なバリューがあるんです、あなたの名前には……。

美弥が入って来る。

美弥　お父さん。徳田さん。

忠　徳田くん？　帰ったんじゃ？

美弥　何でもどうしても一言あるとか言って……。帰ってもらう？

忠　いい。入ってもらえ。

美弥　いいの。

忠　いい。

美弥は立ち去る。

丸富　ほんでは俺たちは、出直すとすっか。

吉岡　はい。

忠　またゆっくりお話しましょう。

吉岡　ゆっくり、考えておいて下さい。

丸富と吉岡が辞去しようとする中、忠は勇気を振り絞るようにして声を出す。

忠　出ますよ。町長選挙。……丸さんと吉岡さん、それに平島さんには何かとお世話になるでしょうから……よろしくお願いします。

忠は頭を下げる。

**丸富** ええんか。

**忠** 前の選挙んとき、結論出してたんです。原発反対は、もう言わねえと……。私の政治家としての使命は、この町を守ることです。発展させることです。そのためにはどうしても安全が必要だと思った、だから反対していた、だけんちょ……（外に美弥と徳田の気配を感じて）入っていいぞ。

美弥たち入って来る、が、忠は話を続ける。

**忠** だけんちょあんたの言う通り、今さらこの町に、脱原発は不可能です。雇用を考えても、経済を考えても、財政を考えても、共生してくしか道はねえ。脱原発が不可能な以上、反対に意味はねえ。だったらせめて、反対ではなく、安全を訴え続けるしかねえ。それが私の、新しい責任なのかもしんね。私の反対運動は、このためにあったのかもしんね。私の運命は、これなのかもしんね……。
そう思ったんです。違いますかね、丸さん？

丸富　違わねえよ。その通りだよ。よくぞ決心してくれた。

丸富は忠の背中を叩き、ねぎらう。

忠　よろしくお願い致します。（と、忠は吉岡に手を差し出す）
吉岡　……あなたはさっき、原発は悪魔のエネルギーだ、とまで言いましたが。
忠　……首根っこ捕まえて首輪さつけて、お手でもちんちんでも教え込んでやりますよ。
吉岡　あなたならできます。あなたになら。

吉岡と忠は、握手をする。そこに、丸富も加わる。

美弥　おい。客だぞ。
徳田　あ、いえ、いいんです、僕は……。
忠　わりい。

忠は手を離して、徳田の横に回り込む。

忠　（二人に紹介して）娘の婚約者で、徳田秀一くんと言います。東京電力の、優秀な社員です。

徳田　は、はじめまして。徳田と申します。

丸富　何、聡子ちゃん！　結婚すんの！

忠　結納もまだ、これからなんですけどね。

丸富　ハハハ！　そりゃめでてえ！　東電さんなら安泰だなぁ。だけんちょ、そうすっとおめとこは……。*25

忠　明子も聡子も、どちらも東電さんとこさ嫁ぐことんなります。

丸富　ならいよいよ、反対してるどこじゃねえなあ。

忠　それとこれとは関係ねえ。

美弥、忠の手を引っ張り、

美弥　おめ。……あたしがいねえ間、お二人に何喋ったか、すっかり話せ。

忠　話す。……なげえ話んなっから、ゆっくり話す。

音楽が流れ、時間経過が描かれる。*26

## 第五景　通夜

忠が久と美弥に頭を下げている。
美弥は大きなガラス瓶からボリボリと梅干しをつまみ上げ、次々と食べている。
モモの肉体は死んでいるが、霊魂は不滅である。

**久**　頭上げろ。……上げろっつってっぺ！　俺は認めねぇかんな。
**忠**　絶対に勝つ。
**久**　前もそう言って負けた。
**忠**　今度こそは必ず。
**久**　それも前に聞いた。
**忠**　前とは違うんだ。
**久**　おんなじだべ。

忠　おんなじじゃねえ。……社会党からも抜けた。平島さんたちの後援で、保守系の票も流れてくる。それに何より、原発反対の旗もおろした。原発反対とは言わねえんだ。
久　聞かれたらどうする。
忠　何が。
久　原発はどうすんだって、聞かれたらどうすんだ。
忠　……町民の声を聞く。町民たちの希望次第では、増設も視野に入れて交渉に、
久　親父が増設？
忠　町民の希望次第では！[*27]
久　んじゃ今まで、さんざん反対してたのは何だったんだ。
忠　んじゃおめは、反対して欲しいのか。
久　もちろん、反対なんてもう、して欲しくねえ。二度と。選挙にも出て欲しくねえ。人前にも出んな。俺、恥ずかしくてたまねんだ。
忠　オラがやらねば誰がやる！
久　いっぺ、他にも！
美弥　うっっつぁし！　お通夜だぞ。モモの。
モモ　やりてんだよねえ、お父さんは。
忠　んだ。とても人任せにしてらんね。

モモ　この町が好きだから。

忠　んだ。好きだ、この町が。オラこの町に散々よくしてもらって、何一つ恩返しできてねえ。オラが生きた証を、この町に返してえんだ！

美弥　いいんでねえの。やらせてやれば。オラあ恥なんかもうかき慣れた。まさか供託金とりあげられるようなひでえ負け方はしねえだろし。しねえべ？

忠　はい。しません。

久　いいの。

美弥　他に生き方知らねんだ。若え頃《わけ》から仕事もしねえで、青年団だの反対同盟だの、活動ばっか熱心で。誰にも頼まれてねえのにずっと、誰かのために働いてんだ。魚は泳ぐ。犬は歩く。人それぞれ、こうでねっきゃなんねえって生き方がある。酒屋の主人なんか向いてねがったんだよ、ハナっから。

モモ　そうです。人はそうなんです。自ら生き方を、選ばなければならね。人は人に生まれるのではなく、生まれた後で、自らが何者であるか選び取らねばならねえんです。犬なんて、生まれたときから犬ですがね……。*28

美弥　そうだ。選んじまったんだ。この人は。もうどうこう言ってもしゃあねえ。ほんでもおらも、この人のそういうとこがえれえなあと思って、この人を選んだんだから。頼まれてもねえのに誰かのために働けるなんて、すげえことなんだかんね。久。*29

**忠**　美弥ちゃん……。

**美弥**　あーあ、あほくせ。寝っかんな、おら。明日から店番おらだけだべ？　働かねっきゃなあ、お父さんがぷらぷら遊んでばっかいっから……。

**忠**　ごめん、美弥ちゃん……。

**美弥**　やめろ！　触んでね！

**久**　俺もう寝る。

**美弥**　おめは起きてろ。今日はモモのお通夜なんだかなんね。

**久**　俺もう寝る！

**美弥**　起きてろ！

久はふて寝をする。
美弥はそれを揺さぶる。
忠は正座している。

**忠**　あんがとな。みんな……。

**モモ**　お父さん。お父さんは本当に、それでいいんだべか。

**忠**　これで良かったたんだ。

**モモ**　本当にそうだべか。

暗転。

## 第六景　モモの視点

モモが語り出すと、やがて彼女は空中に浮かび上がり、舞台は高いところから見下ろした双葉町になる。

**モモ**　高えとっからゆっくりこの町のことさ見下ろしてっと、いろんなことに気づきます。朝と夕方に大きな車の流れがあって、それは海沿いのお豆腐、原子力発電所に流れ込んでゆきます。そこでは小指の爪ぐれえの大きさの原子の塊から、街一つ分のエネルギーを産み出すことができるらしい。ワン！　この町の外れにあるそれは、この町の中心です。

高えとっからゆっくりこの町のことさ見下ろしてっと、あんなにエキサイティングだった毎日が、実は、同《おんな》じことの繰り返しだったことに気づきます。人は毎日同じ扉をくぐって家を出て、車に乗り込み、車は毎日同じ門をくぐって海沿いまで走り、同じ工場に飲み込まれていく。

お父さんは何も変わらねえどころか、前より少し太ったように見えます。ストレスが彼を太らせてしまったんです。ストレスでお酒を飲み夜中にのり巻きを食べ、太ってしまった。おらが死んじまって一緒に朝のランニングをしてやれなくなったことも、彼の激太りに関係しててんのかもしれません。

高えとっからゆっくりこの町のことさ見下ろしてっと、あちこちでたくさんの命が生まれ、死んでぐのが見えます。死ぬ前にはあれほど特別だと思われていた死が、こんなにもありふれた、普通のことだと気づくのに時間はかかりませんでした。命があまねくこの地上を満たしているように、死もまたあまねくこの地上や空中を満たしています。生者だけでなく死者もまた、地上を歩き回り、僕たちは挨拶を交わします。死者と語り合えることに気がついていないのは、どうやら人間だけのようです。おはよう。こんにちは。おばんです……。日本中、いえ地球上あちこちで死者たちの生命は目に見えず輝き、その静かな挨拶は繰り返されているのです。ワン！[*30]

モモはさらに高いところへ昇り、地球を見下ろした。

字幕が表示される。

１９８６年４月26日　チェルノブイリ原発事故発生

モモ　お父さんが町長さんに選ばれて5ヶ月と18日が経った1986年の4月26日。日本から遥か西へ8000キロ、チェルノブイリという森の奥にある原子力発電所で大きな火事と爆発があり、炉心から高熱と目に見えない光が漏れ出しました。その光は消防士さんたちの皮膚を貫き、遺伝子を破壊して、まず33人を殺しました。それから空高く舞い上がり、雲を抜け雨となって……8000キロを旅して日本にまで降り注ぎ、ヨーロッパを中心としたたくさんの人たちの体に癌《がん》細胞を発生させました。その数は9000人とも10万人とも、98万5000人とも言われてます。放射能は目に見えず広がり、体の中に留まって、静かに細胞を破壊するから計算が難しいのです。*31

つまりおらたちは、何も知らねえんです。この事故について。この現象の正体について。未だ何も。死者の数は少なく見積もれば33人、多ければ98万人。こんなことがあり得るでしょうか？　33人から98万人。そんな数字があり得るでしょうか？　チェルノブイリは目に見えず広まり、海を超え国境を超え浸透して、人間たちの間に居残ったのです。そして静かに放射性崩壊を続けている。

犬はハイデガーを読みませんし、軽自動車を運転しません。犬と人間の間では存在と時間に関する認識がまるで異なりますからハイデガーは読めませんし、犬の手ではギアチェンジどころかキーを回すことさえできませんから車は運転できねえんです。そして犬はそれをしません。犬は、自分の手に余ることをあまりしないアニマルなのです。しかし人間は、自分の両手より大きなものを動かしたり、頭より広いものを捉えようとしたりする、手に余るアニマルです。[*32]

こうして目に見えないほど広い範囲にチェルノブイリの光は広がり、留まりました。

音楽と字幕がブリッジとなる。

1986年5月1日　双葉町役場・町長室

## 第七景　チェルノブイリの宵《よい》

夕方6時頃、双葉町役場の町長室。大きな執務机の前に、応接ソファセットが置かれている。
丸富が徳田を中に招き入れる。忠は机につき、うつむいている。

**徳田**　失礼致します。
**丸富**　中さ入んのは初めてかな。
**徳田**　はい。本当にガラス張りなんですね。*33
**丸富**　新町長の心意気だ。開かれた政治、オープンな政治。
**徳田**　……町長になられて約半年になりますが、いかがですか、手応えのほどは。
**丸富**　十分、感じてるはずだべ。
**徳田**　町民からの声も、好意的だと聞いていますが。
**丸富**　いやはや、マァ。大歓迎っつってっていいべ。なあ？

徳田　……あのお？

忠は顔を上げる。

忠　君は、……いつも五分前に来るね。
徳田　早かったでしょうか。
忠　いやぁ、いい、いい。几帳面でいい。だけんちょ、吉岡くんも几帳面でね。彼は必ず、時間ちょうどに来んだ。
徳田　出直します。
忠　いや。少し話すべ。手応え……っつてたね。正直、重圧に押し潰されそうだ。
徳田　そんな。
忠　想像以上だ。まさかここまで……言わば楽観的に、町の財政が動かされていたとは思わねがった。再来年には電源三法交付金の交付も終わり、いよいよ本格的に赤字転落。財政の実態としては実に不健全。だけんちょ税収の大半は原発頼み。*34 そこへ来て今回の……。泣きっ面に蜂とはこのことだ。
丸富　いやはや、マァ。
忠　「原発を誘致すれば、産業が活性化され、仙台のような都会になれる」……なんてことを、親

**徳田** 父たちの世代では真剣に話してたもんだが[*35]、寝ぼけた夢を見たもんだ。原発がどーんと一つできただけ。工業地帯になんかなんねがった。それも当然。あっこで作った電気は東京電力のもんだ。みんな東京さ送ってんだから、地元で使えるはずがねえ。

**徳田** 仙台のような都会……。そんな話があったんですか。

**忠** そうだよ。そういう夢を、本気で見てた人たちがいたんだ。

**丸富** 徳田くんは、猪苗代《いなわしろ》水電のことをご存知かな。

**徳田** スイデン？　田んぼですか？

**丸富** 猪苗代、水力電気、株式会社。猪苗代湖はわかんな？　福島県が誇る、本州第三位の面積を持つ湖。そこにかつて存在した、水力発電の会社だ。明治44年創業。当時、アジア最大の規模を持つ発電所だった。だけんちょその電気は東京さ送られるだけで、地元の産業は育たなかった。……明治の昔から福島県つうのは、東京に吸い上げられるためだけに、せっせと発電してたっつうわけだ[*36]。

**徳田** すみません。

**丸富** あぁいや、君が謝ってどうする。君が東京ってわけじゃねえし、君が東電ってわけでもねえ。たまたま働いてるだけだ。……だけんちょ地方と中央、その間《かん》に経済格差がある限り、ある種の搾取は必然的に生まれ続ける。これは政治の問題だ。
戊辰戦争で負けて以来、福島県民はずーっと東京に頭下げ続けて来た。その象徴のように、県知事はずーっと中央から送り込まれて来た。戦前、44人いた知事のうち、福島出身のもんはわずか2人だけだ。44人中2人！　こりゃ異常だべえ？[*37]
　福島にはずっと、自由はなかった！　自由民権運動発祥の地の一つでありながら、福島の地に自由と民権は、なかったんだ！[*38]

**忠**　丸さん、まぁ、まぁ……。

**丸富**　そもそもがだな。初代征夷大将軍、坂上田村麻呂《さかのうえのたむらまろ》からして生まれは東北、それが中央政府に身柄とられて、蝦夷《えぞ》討伐にと送り返された、言わば福島県いじめの第一号であり……。興味ない？　この話？[*39]

**徳田**　あ、いえ。あります。

**丸富**　嘘つけ、この。目ぇ泳いでっぞ。

**徳田**　すみません。

**丸富**　んで、どうなの。新婚生活の方は。ん？　ん？

**徳田**　エッ！

**丸富**　聞かせろぉ。ご祝儀たーんと包んでやったべ。

**忠**　丸さん。

**徳田**　まだ慣れませんが……とても嬉しいです。家族がいるということは。

**丸富**　んだか。

**徳田**　仕事で遅くなっても、これも家族のためだと頑張れますし、早く帰れたら帰れたで、これも家族のため、嬉しいことばかりです。

**丸富**　んだ。――社会っつうのは、これは一つ一つの小さな家族が、集まってできたもんです。君たちが幸せということが、この町の幸せということにもなる。そしてこの町が幸せということが、この国の幸せとなるのです。

**徳田**　はい。

**丸富**　早く孫の顔、見してやんだよ。

**徳田**　ハイッ。

**忠**　とにかく今日は、よろしく頼みます。

**徳田**　もちろんです。しかし私なんかでは、役者不足かもしれませんが。

**忠**　とんでもねえ。

ノックの音がする。吉岡だ。

**丸富**　吉岡くん？　入りたまえ。

**吉岡**　（中へ入りつつ）すみません。遅くなりました。

**丸富**　いんや。君が時間通り、大・几帳面だ。早かったのはオラたちの方で。

吉岡　来て早々、何ですが……、ここに私がいるのはちと、おかしいのでは？
丸富　そう？
吉岡　私は自民党所属県議会議員・平島の、一介の秘書に過ぎません。なぜ、私がここに？
忠　私が呼んだからです。
吉岡　なぜ私を？
忠　君の知識と見識を、私が尊敬してるからです。
吉岡　恐縮です。しかし……人が見たらどう思いますかね？　この町長室はガラス張りですよ？
忠　今日ばかしはこのガラスを全部、目張りしちまいてえくれえです。——明日《あした》の会見に備えて、ぜひ。ご意見をお聞かせ願いたい。
吉岡　……それは、構いませんが。
忠　ありがとう。ほんじゃ徳田くん。お願いできますか。
徳田　はい。……では初めに、私から、東京電力の方で摑んでいる状況をブリーフィングさせて頂きます。
忠　お願いします。

忠・丸富・吉岡らは応接ソファに腰掛け、徳田から資料を受け取る。

**徳田**　事故が起きたのは26日未明、午前1時頃。ソビエト連邦ウクライナ北部の町、チェルノブイリ原子力発電所。事故を起こしたのはソ連国内で多く用いられているＲＢＭＫ１０００型、黒鉛減速軽水冷却型天然ウラン炉です。

事故の詳細は未《いま》だ不明ですが、緊急炉心冷却装置・ＥＣＣＳの動作テストを行うため、通常と異なる設定で原子炉を運転していたところ発生した、核分裂連鎖反応による爆発であり、火災は既に一週間継続中。炉心溶融《ようゆう》、すなわちメルトダウンを起こしているのは確実です。

**忠**　そこのところ、詳しく頼みます。わかりやすく……。

**徳田**　はい。つまり原子炉と言うのは……、原子核を分裂させ、生じた熱エネルギーでお湯を沸かし、その水蒸気でタービンを回して発電する仕組みです。その熱量は凄まじく、ウランたったの1グラムから、石油2トン分に匹敵する熱エネルギーが取り出せます。しかし、核分裂というのは非常に不安定な反応であり、コントロールを間違えると反応が連鎖的に進んで、原理的には原爆と同じ大爆発を引き起こしてしまいます。この核分裂の速度をコントロールするために、冷却水や減速材・制御棒などが用いられるのですが、今回の事故では初期設定のミスに加え、制御操作も間に合わなかったため、反応が一気に進んで爆発してしまった……と見られています。

**丸富**　石油2トンが爆発したら、そらすさまじいべなあ。

**徳田**　はい。しかし熱量以上に恐ろしいのは、放出される放射性物質です。セシウムやストロンチウムなど長期に渡って放射線を撒き散らす放射性物質は、基本的には目に見えません。爆風や水を通じて飛散すれば、広範囲が放射能に汚染されます。……今回、事故を起こした炉は定期点検のための運転停止に入る直前であり、最も大量の放射性物質を内蔵している状態でした。すでに隣国のスウェーデンでは通常の百倍を超える大気汚染が記録されています。日本でも雨水《あまみず》に混じって放射性物質が検出されました。*40

**丸富** 大変でねえか。

**徳田** 直ちに人体や健康に影響を及ぼす数値ではありません。

**丸富** つっても……。

**徳田** こう言えばどうでしょう。病院でレントゲン写真一枚撮るのよりはるかに少ない量です。何でもない気がしてきませんか？

**忠** 現時点での被害者は？ 報道では数字が無茶苦茶でわけがわかんねえけど……。

**徳田** ソ連政府の発表によれば、2人です。しかし、アメリカ・UPI通信による現地住民に対するインタビューでは、80人が即死、2000人が搬送先の病院で死亡したという報道もあります。どちらも少な過ぎたり多過ぎたりして、まともに検証できるものじゃありません。グラスノスチのゴルバチョフに変わったとは言え、ソ連の発表することですから、当面はまともな数字は出てこないでしょう。*41

すでに周囲数十キロ、数万人の住民が避難を始めており、被害は沈静化していくはずです。

しかし専門家の中には周囲500キロ、今後十年間に渡って1万人が死亡するという予測を立てる者もいます。日本は8000キロ以上離れていますから癌や白血病が発生することは考えづらいですが、念のため監視を強化しておりまして、これまでは月に一回ずつ行われていたモニタリングポストでの政府へのデータ提出を毎日行い、事態の推移に注目しています。

また原子力事故の際には、放射性物質の人体への影響を抑える安定ヨウ素を含むヨード剤などの服用を行うケースが多く、今回も西ドイツがソ連に対して提供を申し出たり、ヨーロッパの一部の国で買い占めが起きるなどパニックが生じている国もありますが、日本国内では放射線量の数値が現状を維持した場合、特に処方が必要とは考えられません。

なお、数値なのでわかりづらいかもしれませんが、線量データとしては千葉市の雨水から1リットルあたり4000ピコキュリーが計測されています。これはもし、この雨水を毎日2リットルずつ2ヶ月間飲み続ければ、成人の年間被曝許容線量を超える……というものので、一応、危険な数値です。もし毎日2リットル、2ヶ月間飲み続ければ、ですがね。

**忠**　こちらの方で摑んでいる情報としては、以上です。もっとも、相手がソ連ですから、我々としても報道より多くの情報を握っているわけじゃありません。すでにご存知のことばかりだったのではないかと思いますが……。どうもありがとう。……こういうことになりました。1979年のスリーマイル島の事故とは、すでに比べ物になんねえ被害が出ている。史上最大の原子力事故であります。すなわち前例はねえ、っつうことです。6基の原発を擁する福島第一原発を持つ原発立地自治体として、わが町も当然、対応が求められます。

**丸富**　と言うと。

**忠**　これは私の考えですが、……これだけの災害です。住民の心配は計り知れねえ。例えば……、原発全機、運転停止し、緊急点検を行うべきではねえでしょうか。*42

**丸富**　原発、全機？　運転停止？

間。

**忠**　いかがでしょう。徳田くん。

**徳田**　すみません。お答えできません。

**忠**　なして。

**徳田**　私の権限を超えています。

**忠**　君個人の意見でいい。

**徳田**　僕個人と言うのであれば。

**忠**　うん。

徳田　必要ないと思います。

忠　なじょして。

徳田　毎年必ず、定期点検が行われています。

忠　機械はそりゃ点検されてんのかもしんね。だけんちょチェルノブイリの事故は要は、人間のミスです。いわゆるヒューマン・エラーです。同じようなミスがねえと、なして言い切れます。

徳田　日本とソ連とでは原子炉の形式がまるで異なります。単純な比較はできません。

忠　比較しろなんて言ってね。日本固有の問題が本当にねえか、今一度、徹底的に調べ直してみてはと、

徳田　それは、設計段階でももちろん考慮されていますし、定期点検の度に確認されています。

忠　ヒューマン・エラーは。

徳田　そんなことを言い出せば……。

忠　言い出せば何です。

徳田　キリがないと言うか。

忠　なら安全ではねえということでしょう。

徳田　そうじゃありません。

忠　どういうことです。

徳田　例えば……。外国で一件の自動車事故が起きました。だからと言って、日本の自動車をすべて止めますか？　順調に走ってる自動車をすべて？

忠　止め……。

徳田　ないでしょう。

忠　……るかもしんね！

徳田　本気ですか？

忠　んだって、これは。史上初の事故なんです！　前例はねえんです！　……スリーマイル島のときとは違い、確実に死者が出て、住民が避難を強いられてる。周囲五十キロが人の住めねえ土地んなっかもしんね。自動車の例とは比べらんね。

人類は、原発で事故を起こし得るということが初めてわかったんです！　人が死ぬということが、はっきりわかったんです！　今一度、ここで立ち止まり、原子力という力と我々がどう向き合うべきか、考え直すタイミングではねえでしょうか。*43

間。

徳田　日本の原発は安全です。

忠　だから、なして。

徳田　日本人が運転しているからです。
忠　なして日本人なら安全なんです。
徳田　日本人は真面目で、几帳面だからです。
忠　ソ連の人間は不真面目でズボラですか？
徳田　それは、だって、お酒ばっか飲んでるって聞くし。
忠　そんな人ばかりじゃねえでしょう。
徳田　しかし恐らく、日本人よりはズボラです。
忠　だけんちょ日本人にだって、ズボラはいる。
徳田　我が社にはいません。
忠　なしてそう言い切れんです。
徳田　だってうち、東電ですよ？
忠　理由になんね！
徳田　だって、エー、我が社ではトラブルの可能性がある箇所、一つ一つについて、二重三重の防御をしています。チェックする人間だって何人もいます。
忠　ソ連だって二重三重の防御をしてたはずです。何人もチェックしてたはずです。世界で初めて人工衛星を打ち上げて、水爆を完成させた国だ。技術力だけなら日本より上かもしんね。
徳田　想定できるトラブルすべてに対応しているんです。

忠　想定できないトラブルは？

徳田　想定できないトラブルは、想定できないので、エッ？　どうしろって言うんです？

忠　灯台下暗しと、よく言うでしょう。

徳田　それはことわざです。科学とは違う。

忠　おらたちはチェルノブイリを知った。あういうメルトダウンのあることが、想像力の中に入った。そんなとき、科学は何かをすべきではねえですか。

徳田　想定し得るトラブルにはすべて対処済みです。そして想定できないものは、科学的に言って存在しない。

忠　存在しないわけがねえ。それはおらたちが知らないだけで、あり得るんです。

間。

すっと吉岡が立ち上がり、話し始める。

吉岡　わかりました。では、忠さんの言う通り、止めたとしましょう。

徳田　吉岡さん？

吉岡　止めたとして。……理由はどう説明しましょう？

忠　ん？

吉岡　どう説明するんでしょう。いかがですか？　町長。
忠　それは、おめえ……、万に一つも、億に一つも、事故のねえように点検する……。
吉岡　それじゃお認めになるんですね？　万に一つか、億に一つ、事故があるかもしれない、ということを。
忠　それはもちろん、どれだけ用心を重ねたって、事故はあり得る。
吉岡　なら何故、今まで止めなかったんです？
忠　何？
吉岡　今まで知らなかったんですか？　把握していなかったんですか、その……億に一つの可能性を？　どうなんです？
忠　今までだって、そりゃあおめえ、事故に事故が重なれば、危ねえことはあったはずだ。
吉岡　本当ですか？　あなたはそれを、把握していた？　把握してたのに、見過ごしていた？
忠　吉岡さん。混ぜっ返さないでくんちょ。
吉岡　いや、そここそが重要なんです。あなたは、事故の可能性を知りながら、見過ごしていたというわけですか？　町長でありながら？
忠　そりゃあ、もちろん……、何か具体的な可能性として、想定してたわけでねえ。しかし、仮定に仮定を重ねれば、そういうことはあり得る。
吉岡　あり得る？　なら何故、止めなかったんです、今まで？　万が一……あぁいや、億が一、事故が重なっていたら、この町が滅んでいたかもしれないんでしょう？

**忠**　だから言ったべ。仮定の話だって。

**吉岡**　忠さん。そこですよ。……もしあなたが今まで、事故の可能性を現実にあり得るものとして想定、あるいは仮定しつつ、原発の運転を……言わば見過ごしていたのなら。あなたは町長として、いや一個の人間として、大いに問題がある。……億が一の事故とは言え、起きたら百万の人が死ぬような事故を、見過ごしていた。これは言わば未必《みひつ》の故意。直接手を下してはいないだけで、やったのと同じようなもんだ。

そんなことをしてたんですか？*44

間。

**吉岡**　どうなんです。現実にあり得るものとして、想定していたんですか。

**忠**　それは、おめえ……。もし万が一、いや億が一でも、そういうな、具体的な事故の可能性を知ってたら、そりゃ止める。何があったって止める。

**吉岡**　じゃあ、つまり……、知らなかった？

**忠**　知らなかった。今も知らね。だけんちょ……、こういう事故があったんだから、用心のために調べてみても、いいんではねえかと。

吉岡　良かった！　では現状、日本の原発は、安全だと言って差し支えない？

忠　いや、だから……それが！　本当にそうかどうかっつうことを、調べてみても……。

吉岡　危ないんですか？　なら調べる調べない以前に、なぜ今まで放置してたんです？

忠　そりゃ……。

吉岡　ちょっとでも可能性が、事故の可能性があることを、あなたが想定していたんなら、あなたは断固、止めるべきだった。なぜ今さら言い出したんです？
　もし明日、記者からこう聞かれたら、どう答えます？「町長。日本でも、同じような事故は、あり得るでしょうか？」、ちなみに原発は一度止めると再起動に数日の時間を要し、それに伴う経済的損失は数億円規模になります。もう一度お尋ねしますが、『町長。日本でも、同じような事故は、あり得るでしょうか？』

忠　わかりません。

吉岡　バカ野郎！　わかんねえなら止めろ！

忠　んだな。そらそうだ。

吉岡　じゃあ、どう答えんです。

忠　日本では……。

吉岡　日本では？

忠　日本では……。

吉岡　日本では。
徳田　日本では、炉の種類がまるで違いますから、同様の事故は起こりません。
忠　……炉の種類が違いますから、同様の事故は起こりません。
吉岡　よろしい。じゃあ、これならどうです？「万が一……、いや億が一にでも、ヒューマン・エラー、人間のミスにより、事故が起こる可能性はないのでしょうか？」
忠　億が一っておめ。
吉岡　おめが言い出したんだべ。
忠　億が一くらいなら……。
吉岡　あんのかバカ野郎？　ならなして今まで動かしてた？　知りながら？　億が一を知りながら!?
忠　あり得ません。
吉岡　億が一にも？
忠　想定、されていません。
吉岡　そうです。……億が一でも想定されてたんなら、当然すでに止めているべきでしたよね？
忠　ハイ。
吉岡　つまり、じゃあ、どうでしょう。──ソ連のバカな飲んだくれ技術者どもが、今回たまたま事故を起こしましたが……日本ではどうでしょう。日本の原発でも、今後、同様に事故が起こることは、考えられないのでしょうか。
忠　考え、
吉岡　考え？
忠　考え、……てもいいですか？
吉岡　バカこくな！　考えてもいいか、だ？　だったら危ねえと、認めたことんなる！
忠　それは認めねえ！
吉岡　んじゃ考えんな。
忠　考えるくらい、いいべ。考えるくらい。
吉岡　ほんじゃ危ねえと、可能性があると、認めることになる。
忠　それは認めねえ。
吉岡　んじゃ考えんな。
忠　あぁ、考えねえ。
吉岡　ほんじゃ結局、どうなんです。日本の原発は、結局のところ、どうなんです？
忠　……。
吉岡　危ねえんですか？　危なくねえんですか？　さあ！　さあ！
丸富　……忠くん！　頑張れ！
徳田　エッ!?

丸富　何だ！
徳田　頑張るとか、頑張らないとか、そういう話です？
丸富　ここで頑張らんで、どこで頑張る！　人間、最後は肝っ玉だ。男らしく、言ってみろ！
吉岡　どうなんです！　日本の原発は、可能性は？
忠　日本は……。
吉岡　日本は？
忠　日本の原発は……。
吉岡　日本の原発は？
忠　どうなんだい、秀一くん？
徳田　エッ。
忠　だから、どうなんだい。日本の原発は。
徳田　私の権限を超えています。
忠　じゃあ東電の、会社の見解としては、どうなんだい。
徳田　東電としての見解、ですか？
忠　んだ。
徳田　東電として、会社としての見解は……。そりゃもちろん……。
忠　もちろん？

徳田　日本の原発は、安全です！

拍手と「オー！」という歓声が、何故か上がる。

吉岡　んで、町長！　どうなんです？　町長！　日本の原発は？
忠　日本の原発は……。
吉岡　日本の原発は？　――いいですか町長、この先、この町の赤字財政を建て直そうと思ったら、当然原発増設という話は出てくる。それだけで何千億という金が動き、何千人という雇用が生まれる。来たるべき少子高齢社会へ備え、福祉の充実、産業の育成、より安全でキレイな道路の建設と、町長としての仕事は山積みだ。おめにはたんまり金がいる。おめらにはまだまだ金がいる。原発一基で一千億円。さあ、どうだ。さあさあ、どうだ。日本の原発は？　日本の原発は？
忠　日本の原発は、安全です！

音楽が流れ、ここからはミュージカルになる。

モモ　エーッ!?　マジでー!?

# 第八景　ミュージカル・サマータイム・記者会見・ブルース

RCサクセション『サマータイム・ブルース』のパクリ[*45]のような音楽が流れる。

美弥はテレビを持って舞台前に陣取り、せんべいを食いながら見始める。

久はギターを弾きながら、それを見ている。

ギターリフ[*46]が流れる中、丸富・吉岡・徳田らは取材の記者へと早替えし、行進を始める。

忠は何故か、ロックバンド風のメイクを施されている。

**みんな**　記者会見がそこまで来てる！　町長室に集まって来る[*47]！

**記者**　町長、今回の、事故に、ついて、一言、お聞かせ、下さい！

**忠**　「日本の原発は安全です」！

記者たちは混乱するが、忠は繰り返す。

**忠**　「日本の原発は安全です」！

記者会見は続くが、徐々にナンセンスに混沌とした風景に変わっていく。

**忠**　日本の原発は、炉心のタイプが違いますから。……ニッポン人は、真面目で几帳面ですから。

**モモ**　お父さんが嘘ばかり言っている！

**忠**　「日本の原発は安全です」！「日本の原発は安全です」！

……俺の本音が喉元まで来てる。

**記者**　俺らも正直イライラ来てる！

**美弥ら**　それでもテレビは言っている！

**忠**　「日本の原発は安全です」！

**記者**　そう言われちゃったら！書くしかねえ！

**みんな**　「日本の原発は安全です」！

アウトロに入り場は混迷を極めるが、忠は気の狂ったように喋り続ける。

忠　日本とソ連では技術力に大きな差があり、同じレベルで話すことはできません。事故を起こした黒鉛減速軽水冷却型ウラン炉は、日本では使われておりません。日本の原発には圧力容器と格納容器が存在するため、安全です。東京電力に対し安全対策の一層の強化を要望しましたので、ご安心下さい。*48

これ以降、人々は走り回り、それぞれの主張や見解を喚《わめ》き散らし合う。

「安全」と書かれた紙が撒き散らされ、宙を舞う。

「安全です」「安全です」「日本の原発は安全です」という大合唱が聴こえて来る。

音楽が終わる。

忠　ハイ。それはもう。……日本の原発は安全です。

暗転。

## 第九景　家族の話

穂積家の居間に美弥と久がぽつーんと座っている。微動だにしない。
そこへボロボロに疲れた忠が帰ってくる。

**忠**　ただいま。

しかしその声に、久も美弥も返事をしない。忠は自分の座布団に座り、頭を二、三度ぽりぽりとかく。その場に座り込む。
ややあって忠は立ち上がり、久の前に行って、久に背を向けて座り、語り掛ける。

**忠**　久ぃ。……おめが生まれたときはなあ。じさまが、そりゃ喜んでナァ……。じさまはあの通り、古い人だべ？　ようやく三人目で男の子だったかんね、跡取り息子だ、惣領《そうりょう》息子だ、宝の子だ、なんつって、踊りまで踊って……ハハ。……じさまは炭鉱の男で、夏以外は常磐炭鉱さ潜ってナ。おめが生まれたときはナァ、原発もできるっつうことだし、おめらの世代はもう、出稼ぎに炭鉱さ潜ることもねぇべした、なあんて……。*49

それにしてもおっかねえじさまだったから……じさまがあやすと、おめは泣いてナ。そうすっとじさまが、泣きそな顔してナ。するとこんだ、それ見ておめが笑って……。おめは性格、悪かったんだナァ？　人様が泣きそな顔してっとこ見て笑うんだから。泣きそうなじさまの顔見て、おめが笑って、それ見ておらたちも、みーんなして笑って……。おらもおっかあも、さと姉《ねえ》もあき姉《ねえ》も、じさまも、マコトおんつぁんも、みんなして笑ったんだ。

おらの悪口なら言ってもいいが、じさまには感謝しねっきゃ、ダメだぞ。……ハハ、しっかし……。じさまが生きてたら、今のおらたちのこと見て、何つったべな。

**モモ**　じさまは死にました、もちろん死にました。しかし、今もすぐそこにいるのです。死者は死してなお地上に留まり、生者たちに視線を投げ掛け、声をかけ続けています。見えませんか？　聴こえねえのですか？

おらたちの声が、聴こえませんか？　おらたちの声を、聴いてくんちょ！

しかしモモの霊魂に返事をする者はいない。
久は立ち上がり、忠に話しかける。

**久**　……マコトおんつぁんから電話あってな。わざわざ、教えてくれた。夕方のテレビユー福島、おめのおとっつぁん出っぞ、って。
**忠**　ほうが。見たか。
**久**　ああ。いやあ……、しっかし……。……立派なもんだナ、町長さんてのは！　あんな……たくさんマイクさ向けられて。……パチパチ、フラッシュさたかれて。芸能人みてえでねえか。学校で何て言われっか、今から……。何て言って自慢してやっぺ？
**忠**　……わりい。
**久**　ん？
**忠**　わりかったな。
**久**　……わりいことなんかねえ！
**忠**　……。
**久**　わりいことなんかねえ。謝ることなんかねえ。……ねえべ？

忠　……ねえな。
久　んだ。……ありゃあ、立派な仕事だ。
忠　んだよ。
久　働いてたんだべ。働ぐ……。
忠　んだ。
久　はだ、らぐ……。
覚えてんだ。……じさまが昔、口癖みてえに言ってた。働ぐ……っつうのは元々、傍《はだ》を楽《らぐ》にする、人様を、楽にしてやるっていう……。ああして喋んのが、親父の、働ぐ……。んだべ？

返事はない。

美弥　あれで、えがった。
忠　んあ？
美弥　おめは、あれで、えがった。んだべ？

返事はない。モモの目玉だけがキョロキョロと動いている。

**モモ**　どうだべな？　お父さん……。

**久**　……なして何も言わね。……なして何も言わね！
責任とれ！　おめが自分で言ったことだべ！

**モモ**　果たしてそうでしょうか。

**久**　「日本の原発は安全です」。

**モモ**　おぼっちゃん、おぼっちゃん。

**久**　おめははっきりそう言った。

**モモ**　おらの声が聞こえますか？

**久**　あれで、よかったんだべぇ！　何回も何回も、安全です安全です、バカみてぇに繰り返して
……。

**モモ**　おぼっちゃん！

**久**　（モモに）何だ！

**忠**　（驚いて）んあ？

**モモ**　おぼっちゃん！

**久**　誰だ！

**忠**　おめこそ、誰と喋ってんだ。

モモ　おぼっちゃん。——おめにはまだわかんねかもしんねけんちょも、聞くところによれば人の現存在は、ある関係の中に投企《とうき》、つまり投げ込まれて、その在り様《よう》を変化させます。つまりお父さんは本来的にお父さんであることもあれば、しかし非本来的にお父さんである、すなわち本来的なお父さんではねえこともあるのです。……おらのよな犬と違って、お父さんには、いろいろなお父さんの在り様がある。すなわち世界内存在として、わかってやって下さい、本来の在り様を失ったダス・マン、世人《せじん》としてのお父さんが……。*50

久　わかっか！

モモ　エッ！

久　そんな虫のいい話があっか！

忠　どしたんだ。おめ……。

久　おめのことで怒ってんだべ！　町長んなった途端、コロっと言うこと変えやがって！　ダス・マンだかダス・キン*51だか知らねけんちょ！　ふざけてんでね！

忠　ふざけてね！

久　ふざけてっぺ！

モモ　ふざけてはねえんです！　人間とはダス・マン、すなわち、あまりにもままならねえアニマルなのです！

久　小せえ頃から何度も聞いたかんな、全部言える。立地の問題、核廃棄物の問題、管理行政の問題……。ありゃどこ行ったんだ。

ピンポーン。と呼び鈴が鳴る。

**久**　立場が変わっと人間まで変わんのか。親父でねくて、立場が口さきいてんのか。

**モモ**　ですからおぼっちゃん、それこそがダス・マン……。

**久**　うっつぁし！　もういっぺん言ってみろ。原発は、何だ。ありゃ何なんだ。原発は！

**忠**　……。

ピンポーン、ピンポーン。と呼び鈴が鳴る。

**久**　客だぞ。おっかあ。客！

**美弥**　……。

**久**　……ったぐ！　おらもう知らね！

久は立ち去る。

忠　（美弥に）なあ。……おめにだけ、ホントのこと言っていいか。
美弥　……。
忠　おめにだけ……。
美弥　うっつぁし。
モモ　うっつぁしくね！　言うんです、お父さん！　今ならお父さんは、お父さんとしての本来性を取り戻せます！
忠　日本の……
モモ　犬と違って、人間は言葉を語ります。そして言葉は存在と分かちがたく結びついている。本当の言葉を語ることで、人間は、本来の生を取り戻すのです！
忠　日本の原発も、
モモ　そこだ、お父さん！　言うんです！　本来の生を、取り戻すのです！
忠　日本の原発も……。

ガラリ。と襖が開いて、徳田が入って来る。
ぽかんとした間が生まれる。

徳田　スミマセン！　スミマセン勝手に……。あのまた改めますって言ったんですが、いいからって言われて久くんに……。しかし、状況がかなり悪いということは、スミマセン、わかるので……。

忠　何の用だ。

徳田　スミマセン！　ああ、いえ、スミマセン！　謝ることじゃないんです、スミマセン！　でもスミマセン、あまりのことでスミマセン、あまりにも急で、スミマセン、

忠　スミマセンやめろ！

徳田　スミマセン！

忠　何だ！

徳田　ハイ！　あの……。できまして。

忠　んあ？

徳田　ですから、その……スミマ、

忠　やめろ！

徳田　ハイ！　できたんです。僕ら……。

忠　ああ!?

徳田　あの、その、つまり、おめでた……。聡子さんが、子ども……。

間。

徳田　スミマセン！　あんまり急で、僕ら自身も信じられないって言うか……でも産婦人科で調べてみたら確かみたいで。スミマセン、何か逆に！　いえ、嬉しいんですけど、さすがに早過ぎるって言うか、その……。スミマセン。

忠　……スミマセンでねえ！　めでてえ！　めでてえでねえか！　おめでとう、秀一くん！　えがったなあ！　そうが、いいんだよ、はええのは！　おらたちもずいぶん早かったし！　いいでねえか！

徳田　スミマセン！

忠　できたか！

徳田　できちゃいました！

忠　おおー！

徳田　わあー！

忠　ハハハ！　これで我が家も安泰！　おめ達も安泰！　頑張んねっきゃなぁ、これから！

徳田　ハイッ！

忠　頑張んだよ！　頑張っていこう！　これから、一緒に、ナ……。

徳田　よろしくお願いします！

忠　元気よく！　声出して行こう！　せーの！

忠・徳田　「日本の原発は安全です」！

ハハハハ……。笑い声が残る。

ふわりと浮かび上がったモモが、観客に語り掛ける。*52

モモ　そうなんです。死者たちの声は、いつもあまりにも小さく、ささやかで、生者たちの放つ騒がしい声にかき消されてしまうのです。しかしいつも、本当は、聴こえているはずです。あなたを取り囲む死者たちの、ささやくような声が……。聴こえますか？　あなたには聴こえますか？

おらたちは今も、語り掛けているのです。おらのような犬も、じさまたちも、この地にまで広がったチェルノブイリの死者たちも……。

誰もまだ知らないのです。原子力の火が、一体どれだけ燃え広がるのかということを。誰も何も知らないまま、火を燃やし続けている。もうそんなこと、話題にさえ上らない。

お父さんはもう、おらの知っているお父さんではねえのです。おらの知ってるお父さんは、朝、土手っ腹を走りながら、犬であるおらにさえ話しかけるような人でしたが、今やお父さんは寡黙です。おしずかな人です。マイクを向けられたときには喋るけど、それもホントのことかどうかわからねえ。そもそも人間にとって、ホントとは何でしょう？　あの頃のお父さんと、今のお父さんと、どちらがホントなのでしょう？　犬には嘘もホントもありませんから、ホントという概念自体がわからねえのです……。

これが人間というもんですか！　これが人間というもんですか！　おらたちの声は、聴こえませんか？

おらほの町はもう11時。ではみなさんも、ぐっすりご休息を。おばんです……。[*53]

暗転。

## 注解

＊1　メビウスの輪とは長い帯状の紙の端と端を180度ねじった状態で結び合わせた特殊な図形。表面を指でなぞっていくと、表から裏、裏から表へと気がつくと入れ替わっている。このためどちらが表であるか、裏であるか決定できない。またその性質から、永遠や無限の繰り返しを示す比喩としても用いられる。

＊2　本作の主人公であり穂積三兄弟の次男でもある「忠」は、実在した福島県双葉町長・岩本忠夫氏をモデルとしている。岩本氏は地元青年団での活動を通じて社会党に入り、やがて県議会議員に当選。一時期は原発反対派のリーダーとして活躍したが、やがて町の原発推進ムードの中で支持を失い失脚。県議会議員選挙で三期連続落選という惨敗を経験し、一度は完全に政治家を引退するが、本作で描かれている通り1985年の町長選挙に担ぎ出され、最終的には超原発推進派の町長に転身したという非常に珍しい人物である。なお、2011年の原発事故時点まで存命していたが、その約半年後に命を落とすまで決して原発については口を開こうとしなかったという。それはマスコミ等に対してだけでなく、実子である岩本久人氏に対しても無言を貫いたという（久人氏への取材より）。

＊3　第一部に登場した「美弥」のその後の姿である。

＊4　劇中でも言及される「双葉町を明るくする町民大会」が開催されたと記録されている日。

＊5　モモの明確なモチーフはソーントン・ワイルダー作『わが町』で語り部を務める「舞台監督」役である。もっとも犬と舞台監督では大違いだし、拙作をワイルダーの詩と哲学に彩られた傑作戯曲と比べるのは大変おこがましいが、どちらの作品も「わが町」を語っており、どちらの人物（？）も町の人間模様を俯瞰しており、時間・空間を大きく超越したレベルで世界を語る……という点で共通している。また「開始早々作品内に死者が出る」という展開を持ち込むことで、すでに双葉町の命脈は尽きており、薬物投与と死を待つばかりであるという不穏な空気を出せないかと構想したのだが、どこまで上手く行っているかは観客と読者の判断に委ねたい。

＊6　仏教用語。人が死んでから次の生を受けるまでの期間、すなわち四十九日を中有と言う。私が敬愛する芥川龍之介の傑作短編『藪の中』の最後のフレーズ

から拝借した。「……おれはそれぎり永久に、中有の闇へ沈んでしまった。……」

＊7　田中清太郎は史実では1963年に当時最年少の町長として当選した後、23年間の長きに渡って町長を務めた。本三部作では第一部にも登場する都合上、在職期間を25年間とやや伸ばして脚色してある。「田中王国」と呼ばれるほど強力な影響力を持つ建設会社の社長であり、「双葉の天皇」という異名を取るほどの権勢を誇ったが、1985年8月に下水道工事の発注に関する公金の不正支出問題が発覚。その後も本作で語られるように複数の汚職事件が指摘され、同年10月に引責辞任した。

＊8　筆者の祖父は可愛がっていた愛犬が死んだ際、焼却炉で燃やした。子供心に驚いたものである。

＊9　福島の方言であり、いい加減なこと、つまらないこと、嘘などの意味。

＊10　この辺りの「父親が恥ずかしい」というエピソードは岩本忠夫氏の実子・岩本久人氏から伺った話をモデルとした。まだ若かった久人氏には、父親が勝ち目もないのに社会党の看板を降ろさないことがとても恥ずかしく、また反原発の活動も周囲から白い目で見られていたという。やがて久人氏は父の酒屋を継いだだけでなく、町議会議員に立候補・当選して政治家としても跡を継ぎ、今では双葉町議会の議長を務めている（2019年現在）。

＊11　これは今でも「双葉地方原発反対同盟」の代表を務めている石丸小四郎氏をモデルとした。彼も町全体が原発に馴染んだ後は奇人・変人扱いされたが、時には「（自分は原発賛成だが）あんたのように反対してくれる人もいなければ困る」と励まされることもあったという。双葉町民の原発に対する複雑な態度が垣間見えるエピソードである。

＊12　これら三つの反対理由は70年代にすでに岩本氏が述べていたものであり、先見の明が伺える。

＊13　徳田という男にはとある「心優しい東電社員」のモデルがいる。私が取材中に出会った農家の女性から聞いた話に登場した東電の事故対応の担当者で、彼は「あまりにも」被災者に対して丁寧に・迅速に対応し過ぎたために、かえって東電上層部から疎まれて左遷されてしまったという。私は会社としての東電の責任は今以上に厳しく追求されるべきだと考えているが、しかし社員のすべてが悪人であったわけはないし、むしろ善人でも集まれば巨悪をなすということこそ知るべきだと考えている。

*14　この「二人の来訪者」という場面は、1930年代にイギリスの作家J・B・プリーストリーが書いた戯曲『夜の来訪者（An Inspector Calls）』にインスピレーションを得ている。同作はとある夜、裕福で円満な家庭に刑事風の謎の男が現れ、次々と隠された家族の罪を暴いた後、忽然と消えてしまう……という不思議な筋書きである。ここに現れた丸富と吉岡という二人の男は、刑事でもないし素性も明らかだが、忠の心中に隠された欲望を暴いていくという意味で恐ろしい存在である。

*15　劇中の忠の師であり友人でもある丸富のモデルは、双葉町出身で町議を8期32年務め、町議会議長まで務めた丸添富二氏。岩本にとっては社会党の先輩でもある。実際にお会いしてお話を聞いただけでなく、第一部をいわきアリオスで生でご観劇頂いたこともあって筆者にとって思い入れの深い方である。

*16　本作の議論を「捻じ曲げ」ていく怪人・吉岡要に特定のモデルはいないが、専門知識と詭弁を弄して白い物を黒く、黒い物を白く言い含めていく原子力ムラの姿勢自体がモデルとも言える。また当初は原子力を「悪魔のような代物」とまで言っていたのに、1955年を境に突如、理由は謎のまま原発推進派に姿勢を転じた東京電力社長・木川田一隆の「悪魔との契約」から大いに着想を得ている。木川田は福島県出身ながら、福島原発誘致に尽力した。

*17　ここでは第一部『1961年：夜に昇る太陽』の主人公である「孝」のその後が語られているが、その経歴は孝とほぼ同年齢である実在の科学者・高木仁三郎（1938〜2000）を参考にさせて頂いた。高木は核化学の専門家でありながら3・11の遥か以前から原発事故の可能性について警鐘を鳴らし続けていた稀有な人物であり、第一部における「先生」との会話の中で原子力の未来や本当の安全について語り合った孝の姿と重なった。偉大な人物の経歴をお借りしたことについて、ここに感謝の意を書き記しておきたい。

*18　双葉町では1985年8月に下水道工事への公金の不正支出が発覚、大騒動となった後、町議会が特別委員会を設置。10月9日には新たに水道課主査が有印虚偽公文書作成罪で逮捕され、10月25日に田中町長が「混乱の責任をとって」辞任（事件への関与は認めず）。さらにその後、11月16日には町役場土木課長の横領が明らかになった。22年に渡って田中体制が続く中で不正が見逃されてきたと新聞各紙が痛烈

に批判している。

*19 第一部『1961年：夜に昇る太陽』にやたらよく喋る3歳児として登場していた「穂積真」は、本作では設定上28歳。マスコミに入ったことは第一部でも語られているが、これにも実在のモデルが存在する。第三部参照。

*20 実際の1985年の双葉町長選挙では、まず自民党系県議会議員の笠原太吉氏が推されたが、出馬を固辞。その後、町議会議長の井沢昭久氏が町議15人のうち10人から支持を受け、出馬を表明。双葉地区同盟および笠原後援会も伊沢氏の支持に回った。盤石だったようにも見えるが投票一週間前のインタビューで笠原氏は「私の後援会員だって流れるかも知れない」と今回の選挙の風が読み切れないことを白状している。（1985年11月30日付・福島民報）

*21 当時の新聞によれば、「政治とは前回（1983年）の県議会選挙で縁を切るつもりだった」が「支持団体の双葉地区労や反田中派の保守系グループからの要請で出馬に踏み切」り、「保守系では二人の町議が支持」「田中町政の流れを変えようとのキャッチフレーズで浸透を図っている」とある。しかしやはり当初は弱小勢力であったらしく、「運動員の動員ができなくて苦しい選挙ですよ。町民の良識が頼りです」と述べている。（1985年11月30日付・福島民報）

*22 上演時にはここでモーリス・ラヴェルの管弦曲『高雅で感傷的なワルツ』の第2ワルツ"Assez lent"を用いた。私は音楽理論には詳しくないが、「摑みどころのない不思議な雰囲気を持った曲だな」「吉岡にぴったりだ」と採用したが、ウェブサイトを検索したところこのような記述に出会った。あながち私の直感も間違っていなかったのかもしれない。「……ほとんど無調に聞こえる。ラヴェルならではのトリック」（Wikipedia より）「調性がわからない。ト短調だが、A部の中間でドリア調の旋律がチラッと覗いてすぐ消えて、B部でドリア旋法を逆転させて2度上に移調し展開する。でもすぐ消えてしまって、主部に戻ったかと思うとまた消えて、……という感じで旋律も和声も全く定まらないまま、ゆらゆらと漂いながらト長調主和音で終止する。すごい技法である」。（http://www.asahi-net.or.jp/~qa8f-kik/Ravel/Analyze/08_Valses_nobles_et_sentimentales/index.html）

*23 もちろん2011年の爆発事故が最も有名だが、1971年の営業運転開始以来、小さなものも含めれ

ば事故やトラブルは２００件近く起きている。Wikipedia『福島第一原子力発電所のトラブル』に詳しくまとまっている。

*24 ここで吉岡の言う「自分の裏庭に……」という理屈は「ＮＩＭＢＹ」すなわち「Not In My Back Yard」、「我が家の裏庭には御免」という意味でよく使われる略語表現に由来している。ＮＩＭＢＹとは、社会のどこかに建てなくてはならないが、衛生・安全・騒音・地価下落などの観点から「自分の家の近所には勘弁してくれ」と忌避されることの多い、ゴミ処理場や火葬場、保育園・幼稚園、そして原子力発電所などに対してよく用いられる。

*25 福島県内を取材する中で、原発事故前は就職先としても結婚相手としても「東電さんなら安泰」という絶大な信頼感・存在感があったという声が多く聞こえた。地元仲間の中で東電に就職する者がいると、誰より早く車を買って同窓会に現れ、誰より早く結婚して子供を産み家を建てたそうである。

*26 上演時にはここからモーリス・ラヴェル『亡き王女のためのパヴァーヌ』（管弦曲版）を用いた。もちろん次場がモモの「お通夜」であることから着想された選曲である。犬一匹の死に対して「亡き王女」とは大袈裟に聞こえるかもしれないが、長年「反原発」を生きてきた忠という人物の一つの人格が死んだのだ、と考えれば、決して大袈裟な選曲ではあるまい。

*27 当選翌日の新聞記事にはすでに、町民たちの声次第では増設も検討するという岩本氏のコメントが掲載されている。また、こう答えるようアドバイスしたのは丸添富二氏だったことも各種資料に記載されている。

*28 ここでモモが語っている人間理解・人間哲学は、サルトルに大きく影響されている。サルトルは「実存は本質に先立つ」と語り、人間はもともと与えられた本質を生きるのではなく、自由に生きる中で自らの本質を築き上げていくということを訴えた。モモは後々ハイデガーの影響を受ける点などからも、どうやら実存主義的な傾向の強い犬であるらしい。

*29 第一部で長男・孝と「いい仲」であった美弥が、なぜ孝と別れた後に忠とくっついたのかは、第一部でも第二部でも触れられない。そこは観客および読者の想像に委ねるべきだろう。

*30 ここで語られている特殊な死生観は本作全くのオリジナルだが、全く突飛なものとは思わない。歴史を想像しながら町を眺めれば、電柱一つとってもそこ

にそれを建てた死者の息吹を感じられるはずだ。また物体に限らなければ、法律や思想など死者の言葉がそのまま我々の間に生き残っていることもある。我々は死者と交わりながら、言葉を交わしながら生きているのだ。そして本当に死者は思念として中空を漂っているかもしれない。

＊31　33人とは事故直後に急性被曝で死亡した人数であり、ソ連政府の公式発表であり、世界で最もチェルノブイリ原発事故を過小評価した数字である。98万5000人とは日本語版Wikipediaで触れられている中で最大の数値を採用した。2007年にロシア人科学者アレクセイ・ヤブロコフが、ロシア・ウクライナ・ベラルーシなどスラブ系の諸言語の記録や文献を元にまとめた報告書『調査報告 チェルノブイリ被害の全貌』で算出した数値である。

＊32　本作の賢い犬・モモはこの時点では「ハイデガーを読みません」と語っているが、第九景ではハイデガーの用語まで用いて人間を語っている。この場面の後で勉強したのだろう。暇だから。

＊33　当選後、岩本氏は町長室を一階に移してガラス張りにしたり、町民と直接対話する会合を開いたりするなど市民との対話を重視した姿勢を強く打ち出していた。

＊34　双葉町では遅くとも1987年にはここに書いたような実態が顕わになり、町の税収だけでは足りず1990年には12年ぶりに地方交付税交付金の交付を受けるようになる。さらに2000年には「財政構造は硬直化の域に入っている」とまで評されるようになり、2009年には財政破綻一歩手前の「早期健全化団体」にまで転落するに至った。（柴田哲雄著『フクシマ・抵抗者たちの近現代史』より）

＊35　その様子は第一部『1961年：夜に昇る太陽』の第七景に詳しく描かれている。

＊36　猪苗代水電で発電された電気は、後の東京電力の母体の一つともなる東京電燈株式会社によって買い取られていた。さらに1923年（大正12年）には、猪苗代水電自体が東京電燈に吸収合併されてしまう。

＊37　福島の歴史を語る上で欠かせない事件に「福島事件」がある。これは薩摩藩出身の官吏・三島通庸《みちつね》が県令（県知事）として福島県に派遣された際、地元議会の反発を無視・弾圧して強引な土木工事を強要したことなどが引き金となり、千人を超す地元農民と警官隊が衝突。多数が逮捕された上、拷問を加えられ獄死した者まで出た事件である。

＊38　筆者の故郷である福島県石川町はさして有名な町でもなく人口も少ないが、東北の自由民権運動を思想的に牽引した政治家・河野広中が結社した「石陽社」の石碑が残っており、自由民権運動発祥の地の一つとされている。

＊39　「坂上田村麻呂＝福島県民説」は筆者が県内を取材中にとある高校教諭から聞いた逸話だ。確かな証拠はないようだが、福島県田村市のウェブサイトには「田村市における坂上田村麻呂伝説」というページがあり、一部では根強く信じられているらしい。

＊40　これらの徳田のブリーフィング内容は主として吉岡斉《ひとし》著『新版 原子力の社会史 その日本的展開』（朝日新聞出版）を参照した。現代の観客へチェルノブイリ原発事故の実態を伝えるために１９８６年5月当時では入手できなかった情報もあえて喋らせている。例えばＥＣＣＳのテストに失敗したために事故を誘発したという情報は、当時の新聞記事からは確認できなかった。

＊41　ソ連政府の発表が2人であるのに対してアメリカの通信社の伝えた速報が２０８０人死亡、という数字は極端に聞こえるかもしれないが、当時の新聞記事の一面に大々的に掲載された数である（１９８６年4月30日付・福島民報など）。この後に続く「1万人死亡」「ヨード剤の提供」「雨水から４０００ピコキュリー計測」などの情報も基本的にすべて当時の新聞記事から引用した。

＊42　チェルノブイリ原発事故を受けて忠が原発全機・運転停止し緊急点検を検討した……というエピソードは筆者の創作である。かつて原発反対闘争に明け暮れた岩本氏ならそう考えてもおかしくあるまいと想像した。しかし実際の岩本町長は、事故報道のあった翌日には「日本では同様の事故はあり得ない」という声明を出しているだけで、実際どんな思いを抱いたかは知る由もない。

＊43　ここで忠が語っていることは、ほとんど筆者自身の心の叫びをそのまま書き取ったものである。なぜチェルノブイリの時点で立ち止まり、考え直すことができなかったのか？　本当に疑問だ。しかし実際には日本国内ではほとんど原発反対運動は盛り上がらなかった。例外として１９８７年以降、輸入食品の放射能汚染問題が報道されたことを契機として主婦層を中心とする一般市民に「脱原発ニューウェーブ」と呼ばれる動きが広まり、88年4月のチェルノブイリ事故2周年に合わせた全国集会では日比谷公園に

2万人の人を集めたという。

＊44　ここで吉岡が振るっている理論は、敗戦間際の日本軍で起きた心理によく似ている。敗色濃厚であることは誰もがわかっており、誰かがそれを言い出さなければならないのだが、最初に言い出せば言い出した者にその責任がかぶさってくる。「作戦不成功の場合を考えるのは必勝の信念と矛盾する」（中公文庫『失敗の本質――日本軍の組織論的研究』より）。

＊45　RCサクセション『サマータイム・ブルース』自体が、エディ・コクランの同曲を忌野清志郎がとてつもなく自由にアレンジした替え歌である。原曲の歌詞は「仕事ばっかで嫌になるぜ、デートに行くにも金がいる、どうしよう、どうしようもねえ、夏場はいつもつらいもんだよ」というようなもので原発とは全く関係ないが、RCサクセション版は全編通して反原発ソングに替え歌されている。

＊46　印象的な「ジャジャジャジャ！」というリフのコードは「EEEA・BBBE」。ただしRCサクセション版では2フレットにカポタストをはめている。

＊47　ここで忠が述べている言葉は、当時の新聞記事からほぼそのまま引用・拝借した。チェルノブイリの事故は、日本の原発世論にほとんど・全くと言っていいほど影響を及ぼさなかったのである。

＊48　戯曲を読んでいる読者の中には、なぜこの場面で急にミュージカルになるのか不思議に思われる方がいるかもしれない。一つにはこの「急にミュージカルになる」という手法自体が、演劇の歴史の中である種の伝統芸のような地位を占めているためである。実験的な戯曲や演劇論を多数残したドイツの劇作家ベルトルト・ブレヒトの代表作『三文オペラ』では、ラストで主人公が処刑される直前になって急にオペラ風の「馬上の使者」が現れ、ご都合主義的な大団円を告げて無理矢理にハッピーエンドにしてしまうという展開がある。この強引さ自体が当時の貴族文化であるオペラへの皮肉であり、革新的な表現であった。本作で第八景を突然ミュージカルにしたのも、思想的には『三文オペラ』に連なる皮肉の表現であり、岩本忠夫氏という人物に対する筆者からの批判であると受け取ってもらって構わない。原発の危険を訴え反対派のリーダーまでやっていた人物が、やがて原発増設やプルサーマル計画の推進まで訴える超推進派に転身する……などというのは、「突然ミュージカルになる」くらいの表現をぶつけてやらないと描くことができないナンセンスだ。つまりここで

突然ミュージカルになるのは、現実に対する誇張ではない。むしろ現実に起きた岩本忠夫氏の転身というナンセンスを、どうにかして演劇表現に収めようとした苦心の現れであり、筆者としては大真面目に大不真面目をやっているつもりなのである。

＊49 常磐炭鉱とはかつていわき市を中心とする幅広い地域に存在した炭鉱。明治初期に発見され1970年代に閉山されるまで、出稼ぎ先として福島県内の各地からたくさんの人が集まっていた。貧困がゆえ冬場は必ず常磐炭鉱へ出稼ぎに出ていた双葉町の人々が、原発ができれば出稼ぎに行かなくて済むようになる……と夢見たというエピソードは第一部第七景を参照。

＊50 「本来的／非本来的」および「ダス・マン」というのはハイデガーの用語であり、詳述するのは私の能力を超えているが、簡単に言えば、本来的な生とは道徳的に正しく自らの心に嘘のない生の在り様であり、非本来的とはその逆である。また世間に流され、本来の生を生きれていない者のことをダス・マンと呼んだ。

＊51 株式会社ダスキンが提供する、埃取り用のモップのレンタルサービスのこと。私の田舎、祖父母宅には何故か常にダスキンが置かれていた。子供心にあの黄色いモップの存在は妙に印象に残っている。

＊52 稽古段階ではここでモーリス・ラヴェル『ボレロ』を流した。それこそ『ボレロ』なんて気取り過ぎだしありふれてもいるが、人々が同じ過ちを延々と繰り返し続けていく様、円環していく様にはぴったりと合っている。第一部のテーマ音楽がジャズピアニスト・セロニアス・モンクの『ブリリアント・コーナーズ』だったが、第二部はラヴェルということになるのかもしれない。ただしあまりに演出意図が明瞭に見え過ぎて観客の想像する余白を奪ってしまうと思ったため、本番では別の曲を使用した。

＊53 この最後のフレーズは、そっくりそのまま『わが町』から拝借した。ただし福島弁に書き換えてある。『わが町』での「舞台監督」の台詞は以下の通り。「ふん……わが町はもう十一時――では、みなさんもぐっすりご休息を。おやすみなさい」。

参考文献

中嶋久人著『戦後史のなかの福島原発』（大月書店）
柴田哲雄著『フクシマ・抵抗者たちの近現代史』（彩流社）
吉岡斉著『新版 原子力の社会史 その日本的展開』（朝日新聞出版）
開沼博著『「フクシマ」論 原子力ムラはなぜ生まれたのか』（青土社）
高木仁三郎著『原発事故はなぜくりかえすのか』（岩波新書）
ソーントン・ワイルダー著・鳴海四郎訳『わが町』（ハヤカワ演劇文庫）
プリーストリー著・安藤貞雄訳『夜の来訪者』（岩波文庫）
ベルトルト・ブレヒト著『三文オペラ』
福島民報・福島民友新聞・朝日新聞、それぞれ１９８５年〜８６年マイクロフィルム

他多数

# 第三部

# 2011 語られたがる言葉たち

*1

登場人物

**穂積　真**　53歳。穂積家の三男。テレビユー福島報道局長。

**塩崎将暉**《まさき》　45歳。テレビユー福島報道局のナンバー2。

**不破修二**　30歳。テレビユー福島報道局勤務。

**小田真理**　25歳。テレビユー福島報道局勤務。

**荒島　武**　35歳。双葉町出身。かつては荒物屋を営んでいた。足が悪い。

**飯島佳織**　25歳。富岡町出身。妊娠三ヶ月。

**飯島貴彦**　30歳。富岡町出身。元教師。

**宮永壮一**　45歳。飯舘村出身。牛の肥育農家を営んでいた。現在酒浸り。

**宮永美月**　17歳。飯舘村出身。福島県の放射能汚染についてネットで発信を続けている。

**高坂美穂**　20歳。浪江町出身。高校卒業後、地元でアルバイトをしていた。

**老人**　69歳。ベッドに眠っている老人。時おり目を覚ます。

**美弥**　69歳。その妻。

**幻の人**　19歳と44歳と69歳を行き来している。老人の見る幻の存在。

場所・時代

主に福島県福島市。２０１１年末、12月11日（日）から数日間。十一・十二景はその後日談。

美　術

どこだかわからない場所。ここは時に老人の入院する病院であり、テレビ局の会議室であり、災害公営住宅の中や庭先でもある。下手奥には病院用ベッドが置かれており、そこに拘束帯で老人が一人縛り付けられている。ベッドはゴミと瓦礫《がれき》に埋没しており、一見では中に老人が寝ているようには見えない。ベッドの隣には丸椅子が一つ置かれている。老人の目線の先……上手前にはテレビが一台置いてあり、何やらピカピカと光っているが、その内容は決して我々には見えない。

そして上空に「巨大電球」が一つ、吊られている。

## 第一景　201103111446

開演時間になると、地震が起きる。

異常な音圧の重低音が響いてきた後、「ドン」と強く大地を揺らすような衝撃音が客席に響く。

客電や舞台上の照明がすべて消えるが、「非常灯だけは残っている」。またベッドに取り付けられた電池式の読書灯も点いている。異常を知らせるアラーム音が四方八方から聴こえて来る。

重低音は続いている。

**老人**　退避ーッ！　退避ーッ！

劇場内の様々な通路から人々が避難してくる。

頭を鞄やクッション、あるいは素手でかばっている。足取りはふらついており、必死に立っていようと踏ん張るが重心を崩して倒れてしまう。本棚や食器棚の倒れる効果音。

**老人**　3ガツ11ニチ、14ジ46プン！　地震発生、3ガツ11ニチ、14ジ46プン！

人々が口々に喚き散らす音が聴こえる。全員が地震のディテールや避難の指示について叫んでいるが、重なっているため聞き取れない。

**音声**　落ち着いて行動して下さい。まず上から落ちてくるもの、倒れてくるものから身を守って下さい。揺れが収まってから火の始末をして下さい。新しい情報が入り次第お伝えします。テレビやラジオのスイッチを切らないで下さい。

先ほど午後2時46分頃、東北地方で発生した強い地震に伴い、岩手県、宮城県、福島県の三県に対して、大津波警報が発令されています。その他広い地域に津波注意報が出ています。海岸や川の河口付近には絶対に近づかないで下さい。

津波の到達予測時刻をお伝えします。午後3時に6メートルを超える津波の到達が予測されています。沿岸にお住まいの方は直ちに避難を始めて下さい。時刻や高さ、これはあくまでも目安です。実際にはこれよりも早く、高い津波が到達する恐れもあります。そして……、津波はわずか数十センチの高さでも、数百キロの破壊力、自動車がぶつかる程度の破壊力があります。早く、安全な高いところに避難して下さい。

沿岸部にお住まいの方は直ちに高台へ避難して下さい。

津波に飲まれて、人が死ぬ。これは余震を含めた数だが、一万八四三〇人の人が死んだ。衝撃波に飲み込まれて、人がぐにゃりとひん曲がる。おかしな体勢のまま水に流されて、壁や地面に打ち付けられて、死ぬ。あるいは窒息して、喉をかきむしりながら死んでいく。

**音声**　そして今、これは陸上の様子ですけれども……、家が津波で流されている様子がわかります。住宅や建物が津波で流されています。黒い波が今、住宅や田畑、大地を、飲み込んでいきます。ヘリコプターからの映像ですと……まるでマッチ箱か爪楊枝《つまようじ》が水に流されていくように、住宅やビル、車両や幹線道路が津波に流されていくのが見えます。

倒れていたおびただしい死体の中から一人の死者が起き上がり、客席に向けて語り掛ける。

**死者たち**　私たちは死にたくなかった。私たちは死にたくなかった。

私は死にたくなかった。
私は死にたくなかった。
鉄の塊で殴られたようだった。
天と地が何度も入れ替わった。
手も足も動かなかった。
真っ暗で何も見えなかった。

私は死にたくなかった。
私たちは死にたくなかった。

私は虫に食べられたくはなかった。
私は魚に食べられたくはなかった。
私は水で腐りたくはなかった。
私は真っ二つになりたくはなかった。
私には家族がいた。
私には夢があった。

私にはまだ果たしていない、どうしてもやるべき仕事があった。
私には子供がいた。

私たちは帰りたかった。私たちは帰りたかった。
私たちは見つけて欲しかった。私たちは見つけて欲しかった。

私たちは死にたくなかった。

ボン！　という爆発音が鳴り、巨大電球が輝く。

**音声**　ご覧頂いているのは午後3時36分の福島第一原発の映像です。水蒸気と思われるものが福島第一原発からボンと吹き出しました。周囲では放射線レベルが通常の二十倍を記録したとの情報も入っております。

**老人**　東電！　何やってんだ！
イチ、ニイ、サン、シイ、ゴ、ロク、シチ……

# 第二景　201112111914

美弥が部屋に飛び込んで来る。やや遅れて真と真理の姿。

**美弥**　12月、11日！　19時14分！　12月11日、（時計を見せて）ホラ、19時14分！

**老人**　3ガツ、

**美弥**　12月！　……12月だから。でえじょぶだよ。ホラ、もう7時。さっき晩ご飯、食べたべ？　豆腐ハンバーグ、おひたし、リンゴ。福島のリンゴは日本一だ、っつったべした？　さっき？

**真**　帰ります。

**美弥**　いて。あんたがいなきゃ駄目なの。あんたがいなきゃ。……この人ついさっきまでまた3月11日、震災の当日だと思ってた。眼の前で地面が揺れて、津波が押し寄せて、数、数えてたのは何だかわかんね、でも何かしら数字さ数えて……。

おらじゃ駄目だ、真さん、あんたの顔が見えたから収まった。あの日一緒にいねがった、あんたの顔が見えたから。……あの日ももちろん、おらたちは一緒にいた。いいえ、ずっと。おらたちは四十九年、ずっと一緒に暮らしてきた。おらといっとこの人は思い出しちまうの、これまでの四十九年を、その間にあった出来事を。四十九年！　想像できる？　子どもが三人生まれた。孫が五人生まれた。おらたちは半世紀分も年をとった。そして子どもと孫を三人失った。奪われた。四十九年でおらたちは、まるで違う人間になっちまった。[*2]

真　美弥ちゃん。（と紙袋を渡しながら）……テープレコーダーとイヤホンを持ってきたんです。今どきアナログですけど、かえってその方が使いやすいかと思って。民謡、童謡、歌謡曲、演歌、ポップス、ジャズ……。

美弥　音楽は駄目。音楽って、心のおかしなとこをくすぐって。何を思い出すかわかんねえべ。

真　……でも何もかも忘れたまま、生きていくわけにもいかないでしょう。

美弥　逆だあ。生きてくっつうのは、忘れてくことだ。（袋の中を見て）空のカセット。どうせこれが目的だべ？　何か録音して帰りてんだべ、この人が何を喋んのか。けえれ！　あんたがいちゃ駄目なの。あんたがいっと、思いだしちまう。

真　明日また来ます。

美弥　そんなに暇じゃねえべ。テレビ局の報道局長さんが……。

真　おら権力者ですから。部下に仕事さ押し付けて。夜はゆっくり、兄貴のお見舞い、と……。

**美弥**　そんな簡単でねえ。生きることはそんな簡単でねえ。みんな勘違いしてんだ。人生に物語はねえの。ぶつぶつ、ぶつぶつ、途切れ途切れに、脈絡のない物事が起こるばっかで……。他の人のことは知らね。だけんちょ、おらたちの人生はそうだった。だから真さん、おらたちの人生はフィルムにはなんね。バラバラのコマを寄せ集めても映画にはなんね。だべ？

**真**　そういう映画もあるよ。前衛映画に……。

フィルムが入れ替わるように突如、次の場面にシーン・チェンジする。

# 第三景　20111212O830

朝のテレビ局会議室。真、真理、塩崎、不破が集まって会議をしている。

**真理**　それではミーティングを始めます。おはようございます。

**一同**　おはようございます。

**真理**　本日のキャップは不破さんですので、不破さんから。

**不破**　はい。この週末で福島大学がリサーチした帰還と除染に関する意識調査がありまして、今日はこれを特集で取り上げようと思っています。年代別、地域別にムラはありますが、大半の住民がすでに「戻る気はない」というデータが出ました。その理由としては「除染が困難」というのが最も大きく、全体の83%を占め、*3

**塩崎**　ちょいちょいちょい。朝だからかな、寝言でも聞いてんのかな、僕？　何それ、まずいっすよね、報道局長？

真理　何でしょう。

塩崎　オメエ報道局長じゃねえだろ。おだまり。……だってお前不破、確認だけど、午後六時のメインのニュースの特集の話してんだよな。

不破　そのつもりです。

塩崎　統計データなんか画面が地味だろうよ。お前ちゃんとその意識調査、住民の声とか絵ヅラとか押さえてんの？

不破　いいえ。グラフを中心に、

塩崎　おバカ！　六時のニュースに棒グラフ並べられて、喜ぶ主婦がいるか？　トントン人参《にんじん》切りながら、円グラフ眺めて嬉しい主婦がいるか？　何かないの、他に？

不破　ありません。すみません。どうしましょう？

塩崎　だからお前はダメなんだ。週末、雨と雪が降ったろう、線量が上がってる地域があるはずだ、全身防護服着てガイガーカウンターを地面に近づけんだよ。それで数値押さえてさ、30マイクロくらい出せば視聴者もびっくりすんだろ。

不破　わかりました。行ってきます。車両通行許可もらって長泥《ながどろ》まで行けば、30か40くらいは、

真理　いいんですかそれで、不破さん。

不破　って言うと、どういうことでしょうか。え？

真理　データはデータ。福島大の意識調査の結果は降雨による放射線量の上昇とは関係ありませ

ん。並べて報道したらあたかも相関関係があるような印象を視聴者に与えかねません。

**不破** そうだよね。だからそこは、もちろん無関係な別々のニュースとして扱うようにして。

**塩崎** 別々にしちまったら、わざわざ絵を押さえた意味がないだろう。

**不破** ですよね。だからやはり、県全体が苦しんでいるという意味でも、関連させて。

**真理** 関連！　元々関連のないデータと映像を関連させたら、それはもう、

**塩崎** おだまり。

**真理** 何です。

**塩崎** 今日のキャップは不破。だよな？

**真理** ……『福島県民に、生きる自信と誇りを取り戻す』[*4]。

**塩崎** あ？

**真理** 覚えてますか？　この言葉。報道局長が、我々の報道の指針として示した、

**塩崎** 『福島県民に、生きる自信と誇りを取り戻す』。覚えてるよ、当たり前だろう？　一言一句合ってっぺした[*5]。だべ？

**真理** はい。

**塩崎** 局長は敢えてそう仰《おっしゃ》った。『福島県民に、生きる自信と誇りを取り戻す』報道をせよと。安易にセンセーショナルな報道に走らず、本当に福島の復興のためになる報道をせよと、敢えてそう仰った。その気持ちを俺たちは買ったっつうわけだ。だけんちょ、気持ちとは

別に、数字がある。視聴者を釘付けにする、絵ヅラがいる。俺は何も、今日の特集のことだけ考えて言ってんじゃねえのよ？　年末の報道特番、まだ二週間もあんのに、東京から「いい絵を寄越せ」「わかりやすい絵を寄越せ」ってどんだけ突っつかれてるか、わかってっぺ？

**真理**　不破さんの持ってきた福島大の統計データは、社会的に言って十分に意味のあるものです。

**塩崎**　おだまり。お前いつから俺の上司になった。

**真理**　いち意見です。

**塩崎**　社会的な意味？　笑わせんな。民放は数字で食ってんだ。震災から九ヶ月。……工夫しねっきゃ、数字にはなんね。ですよね、局長？

間。

**真**　棒グラフだけでいいよ。

**塩崎**　は？

**真**　確かに塩崎くんの言う通り、今なら数値の高いとこもあんだろうけんちょも、あくまで一時的なもんだから。大袈裟に報道する必要は、ねえべ。

**不破**　はい。そうします。

塩崎　不破。マジか？

不破　あ、いや、あの、福島大の意識調査のデータと、積雪後の状況と、二本立てで行けば、ボリュームも出せるのかなって、これはジャスト・アイディアですけど……。

真理　仮設住宅、災害公営住宅の一部には積雪対策の不十分なものもあります。福島市内でも松川町など雪深い地域では随分苦労されているそうですから、そこでの声も拾ってみては。

不破　そうですね。それなら住民の生の声も拾えて、モア・ベターですね。

真　実際に除染の始まった地域での線量の変化も紹介したら、帰還の参考になるだろう。

不破　はい。それなら福島市の周辺でも取材しやすいですし、トライしてみます。

真　じゃ。

一同は散開する。塩崎は真理を呼び止める。

塩崎　おい。……週末のデートはどうだった？　テープレコーダーは役に立ったか？

真理　やっぱりやめた方がいいですよ。大分お加減も悪いようですし。

塩崎　次は俺も一緒に行く。うちのお袋が認知症だからさ、ボケ老人の扱いなら慣れてるんだ。

真理　真さんがＯＫ出すわけないでしょう。塩崎さん、最近露骨過ぎますよ？

塩崎　大将が弱気になってんだ。部下が盛り立ててやらにゃあ、潰れるぞ、うちの局。

真理　（塩崎から資料の紙を受け取り）何ですか、これ？
塩崎　飯舘《いいたて》村出身の女子高生が最近ネットでプチ炎上して話題になってんだ。知ってるか？　本名らしいんだがな、福島県は全滅です、なんて燃料投下して身バレして大騒ぎよ。
真理　うちから近いな。福島市内に避難してるんですね。
塩崎　お前、興味あるだろ？　そういう後ろから味方を撃つような真似する奴。
　……動画見る？
真理　見ます。

動画が再生される。女子高生・宮永美月が現れ、喋り出す。


美月　見て下さい。これが現在の福島市内の通学路の様子です。……2011年12月3日撮影。

大人も子どもも、みんなマスクをして道の真ん中を歩いています。マスクをしているのは内部被曝が怖いからです。道の真ん中を歩いているのは、道の端の方が排水口があったり埃《ほこり》が溜まったりして線量が高いと知っているからです。比較的、線量の低い福島市内でもこの有様です。何故この様子をマスコミはもっとちゃんと報道してくれないのでしょう？

このままでは、福島県は全滅です。

私のネットでの発言を過激だと言う人がいますが、違います。政府は原発事故発生直後、これまで年間1ミリシーベルトしか許容されていなかった年間被曝限度量を、一気に20ミリシーベルトにまで引き上げました。政府は私たちで人体実験をしているのでしょうか。そして影響は真っ先に、成長の早い子どもたちに現れます。

私は今、十七歳です。私が将来、子供が産めなくなったら、誰が補償してくれるのでしょうか。どうやって補償してくれるのでしょうか。それは補償、できることなのでしょうか。同じことがこの町、この大地、この福島県に対して成されたことについても言えます。この事故は将来、誰が補償してくれるのでしょうか。それは補償、できることなのでしょうか。元通りの福島県を、誰が約束してくれるのでしょうか。この動画を見ている大人たちのうち、誰が?*6

**塩崎**　これで十七歳だとさ、気持ち悪い口調だよな。どうせ左翼の親父に吹き込まれてんだよ。

**真理**　20ミリシーベルトはICRP、国際放射線防護委員会の定める緊急時の数値として国際的に認められているものの中でも、最も厳しい基準です。チェルノブイリのときは100ミリシーベルトでした。日本政府の対応は決して、

**塩崎**　俺に言わないでこの子に言ってくれよ。俺さ、特番に向けて大量にVをチェックしないといけないから、今日は出たくないんだよね。で、お前、会ってみたくない?　この子に。

フィルムが入れ替わるように突如、次の場面にシーン・チェンジする。

## 第四景　20111211200

杖《つえ》をつきパチンコの景品を持った荒島に、不破がカメラを向けている。

**荒島**　喋らないよ。言わない。語らない。俺は。……確かに妻は流されたよ、津波で。だけど何でその話をおめーにしねーといけねーの？　何の権限で？　俺に何の利益があって？……その話はしねえよ。その話はしねえ。その話だけはしねえって決めてんだ。それにまだ遺体は上がってねえ。行方不明ってこともある。だろ？

**不破**　ですね。

**荒島**　行方不明。あるわけねーだろ。九ヶ月もどこぶらぶらしてんだ、うちの妻は？　もう喋らねーよ。妻のことは、もう喋らねえ。

避難してきて何がつれえって、人の縁が切れんのが一番つれえよ。友達なんかみんな埼玉まで逃げちまったかんね。話し相手もいない。*7 だからパチンコ行くの。やることねーから。

海物語。スーパー海物語。海物語の話しようか？[*8]

**不破**　あ、はい、聞かせて頂けるなら、何でも……。

**荒島**　すっか、バカ。隣の夫婦に聞けよ、あの楽しそうな夫婦に。

荒島とカメラの間に佳織が割り込んで来て、怒涛の勢いで喋り始める。

**佳織**　あの私でよければ！　私でよければすっごい、すっごく、喋りたいことあるんですけど！もうホントいい加減で、危なくて！　私たち富岡から越してきて、しばらく……三ヶ月です、三ヶ月、郡山にいて、それからここに来たんですけど、線量全然変わんないの！　線量高ーい！　あり得ます？　越して来て、わざわざ、線量変わんないのって？

**不破**　いや、まあ、その……。

**佳織**　政府も全然、煮え切らないじゃないですか。ここ福島市でも毎日1とか2マイクロシーベルト出てて、そういう低線量被曝が本当に私たち子育て世代の夫婦に安全なのか、そうじゃないのか。……チェルノブイリでは子どもの甲状腺がんが凄い増えたって言うじゃないですか。みんな首を切開して、真っ赤な傷跡、チェルノブイリの首輪って言うんですけど、増えたんですよ？　知ってます？

**不破**　首輪、ですか？[*9]

佳織　知らないんですか！　そんな人が報道やってるんですか!?　え、ごめんなさい、あなた出身何大ですか？　大学どこ？

不破　福島大……。

佳織　ごめんなさいちょっとあり得ないんですけど！

荒島　うるせえな！

佳織　は？

荒島　うるせえなつったんだよ、うるせえ奥さん、おめにだよ。……富岡だろ、まだマシだろが、いくらでも帰る余地あっぺ、この先！

貴彦　すみません。

荒島　すみませんでねぇ！　お前ら恵まれてんだ、仮設住宅もこんな便利で。ワン・エル・ディー・ケー、つうのか？　十分でねえか！

貴彦　ツーエル……。

荒島　ツーエルデーケー！　大したもんだ、人様んち住ませてもらって！　飽くなき探究心が俺を襲うよ。一体全体、どんな恵まれた被災者さまが、こんないい暮らしさせてもらってんのか！　増えたぞ、貯金！

貴彦　すみません。許して下さい。すみません。

貴彦が激しく謝る。

**荒島** 何だおめ。

**貴彦** ごめんなさい。妻が気にするのは当然のことでして。どうしても何かと、線量や環境や、過敏なってしまいまして……。

**佳織** 過敏って何よ、どういうことよ。私がまるで、気にし過ぎみたいじゃないの。

**貴彦** ごめんなさい。そういうんじゃ、ないんです。少しくらい神経質になるのは、仕方ないこともあるし、

**佳織** 神経質!? 私が神経質だって言うの? どこがよ? どこが神経質なの、言ってご覧なさいよ!

**貴彦** 違うんだ! 君が正しい、僕が鈍感だ、僕が間違ってた!

**佳織** ここ福島市内でも高いところでは空間線量3マイクロシーベルトパーアワーは出るのよ。3マイクロシーベルトパーアワーということは3×24×365×0・6、すなわち年間15・7ミリシーベルトもあるんだから! 政府が基準を変更する前なら、十分危険な数値なんだからね![*10]

**荒島** うるせえんだ、いちいち……線量の話なんかしねえでくんちょ。

**佳織** 何ですって。

**貴彦**　すみません。申し訳ありません。

**荒島**　３マイクロくらいで気にしてんでねーぞ。生きてられるだけ感謝しろ。おらたち双葉の住民なんか、もう二度と帰れねえかもしれねえんだから……。

頭を下げていた貴彦が、むっくりと顔を上げる。

**貴彦**　何だおめ。双葉のもんか？

**荒島**　んあ？

**貴彦**　ハァー。頭ぁ下げたおらが間違ってた。おめらに頭下げる道理はねえ。おめらのせいで、こんなことんなった。おめらが原発なんか誘致しねっきゃ、こんなことにはならねかった。富岡も楢葉《ならは》も浪江も飯舘村も、家ごと置いて避難するなんてナンセンスなことしねえで済んだ。倒壊もしてねえのに。津波にもやられてねえのに。放射能のせいで。おめら大熊と双葉の出した、放射能のせいで。[*11]

**荒島**　おらが誘致したわけでねえ。

**貴彦**　おめが誘致したわけがあんめえ。だけんちょおめらが誘致したんだべ。おめらが誘致して、おめらが金もらって、仕事もらって……。

**荒島**　おらは原発の仕事はしてね。

**貴彦**　おめがしてねくっても、おめらはそれで潤ってた。おめらが原発建てたせいで、おらたちみんなが困ってる。おめら大熊と双葉、原発で散々いい思いしたんだ。責任もおめら、大熊と双葉が責任とれ。*12

**荒島**　おらは関係ねえ。

**貴彦**　じゃあ誰が関係あんだ。誰が責任あんだ。そいつ連れて来い、今すぐ連れて来い！　Ｎｏｗ！　……うちは子どもが生まれんだぞ。ただでさえ細身でたおやかな妻の身が心配なんだ。なして放射能の心配までしねっきゃなんね！　おら達にとって初めての子だ！　楽しみにさせろ！

荒島、杖を投げ捨てて一歩前に出る。すると突然、頭をぐっと下げ、謝る。

**荒島**　すみませんでした。

**貴彦**　当然だあ。

**荒島**　私は、妻と娘が、流されました。津波です。正式には行方不明ですが、もう九ヶ月です。亡くなったと思っています。奥様とお子さんを、大事になさって下さい。

貴彦、慌てて頭を下げ返す。

**貴彦**　大変、失礼致しました。
**荒島**　いいえ。こちらこそ。双葉のせいで……。
**貴彦**　いえいえ、こちらこそ……。

荒島と貴彦が、お互いに土下座しあっている。
その様子を、不破がカメラでおさえている。
シーン・チェンジ。

## 第五景　201112121300

ハンディカメラを携えた真理が、美月に名刺を差し出している。

**真理**　（名刺を差し出しながら）というわけでかくかくしかじかうんぬんかんぬん、お話をお伺いしたく参りました、テレビユー福島の小田と申します。

**美月**　小田？

**真理**　ハイ、小田。

**美月**　小田、真理？

**真理**　……。

**美月**　ああいえ、そういうわけじゃなくって。

**真理**　大丈夫です。慣れてますから。

**美月**　と言うと……。

真理　小田、真理と言います。変な名前ですよね。ご説明させて頂きます。

美月　ありがとうございます。

真理　両親が離婚しました。通常は父親の姓をそのまま用いますが、家に金も入れねえくせに不倫相手にマンションまで買って十年以上私たちのことを騙くらかしていた父親のことが気持ち悪くて気持ち悪くてたまらず、おかしな名前になることは覚悟の上で、家庭裁判所で手続きをとり、母親の旧姓に改名しました。名前こそおだまりと言いますが、何を言われても黙りません。小田真理です。――このくだりを今まで何百回、繰り返しながら生きてきました小田、真理。小田、真理。小田、真理でございます。どうぞよろしくお願い申し上げます。

美月　複雑なんですね。

真理　それほどでも。

美月　わかります。何となく。うちもそれなりに、複雑なんで。

焼酎《しょうちゅう》の四リットルペットボトルが飛んで来る。そして宮永が登場する。

宮永　バカヤロー！　美月ィ！　おめのせいで、テレビの人まで引き寄せて！　わかってんのか！　自分が一体、何してんのか。

美月　ごめんなさい。
真理　お父様ですか？
宮永　おめがテレビの人間なら、おらたちゃ親でもなければ子でもねえ。今日限り縁切ってやる。
美月　お父さん！
宮永　カメラ回せ。――今までも何度かテレビもラジオも来たけんちょも、おらあ許せね。ただこいつが若いからって、女子高生だからって取り上げる。カメラ向ける、マイク向ける。だけんちょ、こんな小娘の言うことより、よっぽど言わねばなんねえことがある。いいか。
真理　ハイ。
宮永　もし福島に――もし福島に純然たる、純粋な被害者がいるとしたら、それはおらたち、飯舘村住民だ。原発から三十キロ以上離れてるのに、村まるごと避難させられた。三十キロ。原発の恩恵は一つも受けてねえのに、原発のせいで村追ん出された。ただ風向きが、原発の爆発したときの風向きが南東の風だったからっていう。ハァーまったくもう。ハァー！だけんちょ、今。世界中が誤解してる。福島は危険だと、人の住めねえ土地んなったと、誤解してる。……何知らね顔して、その誤解の片棒担いでんのが美月、おめだべした！
美月　違う。
宮永　違うことね。おめがネットだのテレビだの、出るたんびに誤解が広まる。福島は危険だと。福島は汚えと。おめが、おめ自身が広めてんだ、風評被害を。

**美月** 私は客観的なデータを言ってるだけ。

**宮永** 客観的！ なんだそりゃ？ 悪いがこんな田舎には、キャッカンテキなんて言葉はねぇ。客観的な人間もいねえ。こんな田舎、日本みてえなド田舎には、キャッカンテキなんて存在しねえ。

おらの従兄弟が、二本松で酒蔵やってます。日本酒と甘酒を東京のデパートに卸してました。震災後、次々と取引を断られた。去年作った酒なのに、しかも二本松なんて原発からはるか遠く離れてるのに、福島は危ねえと言って断られた。断ってきたデパートの順番が笑えます。想像できますか？ どうです、わかりますか？

**真理** わかりません。

**宮永** 松屋。三越。成城石井。高級な店から順番に断ってきた。お客様のお気持ちに配慮し……。わかるか。これが日本の、キャッカンテキだ。[13]

うちは代々、飯舘で飯舘牛っつうブランド牛の肥育をやってる。松阪牛ほどの看板ではねえが、それなりに地道に磨いてきた自慢の看板だ。おらたちにとっちゃ、看板汚されんのが一番の妨害んなる。だから美月！ おめがやってることは、おらの、いやおらたちみんなの、飯舘の看板に、ツバ吐きかけてるようなことなんだぞ。

**美月** だったらお父は今すぐ、今のまんま、飯舘の牛を東京さ卸してもいいと思ってんのが。

**宮永** 思ってるよ。……飯舘の線量は確かに他より高えけんちょ、基本的には土の表面が汚れてるだけだ。牛の中に入ったのも、風に乗って、雨に溶けて、土に染み込んで、草に吸われて、それから牛の口さ入ったもんだ。線量がそんなに高えはずがねえ。

**美月** ちゃんと調べてみねっきゃわかんねえべした！

**宮永** わかるよ！　わかる！

**美月** なして！

**宮永** おらが育てた牛だ、おらが一番よく見てる牛たちだ。異常があったらすぐわかる。

**美月** 非科学的だべ！

**宮永** ああ、非科学的だ！　愛は、非科学的だ！　おらは愛してる、おらのあの牛たちのことも、美月、おめのことも。おめらは汚れてなんかいね。

　高坂が姿を表し、美月に話し掛ける。それは回想の中の風景だ。

**高坂** おい放射能。おい放射能。……お前だよ。ああ、いいからこっち向かなくって、吐く息から放射能が伝染《うつ》る。私の質問にそのまま頷《うなず》け。……おめ、飯舘村から来たんだべ？　何でよりによってうちさ来たの？　ここには先に私たちがいた。よそさ行ってくんね？[*14]

**美月** （首を横に振る）

**高坂** 誰が横に振れっつった、頷け。……迷惑なの。放射能が伝染る。おめ知ってる、伝染んだよ、放射能って。

**美月**　伝染りません。

**高坂**　喋んな、放射能！　……飯舘村は原発が爆発して、線量やばい高くなった。おめら飯舘の奴らは、そこにいて、一ヶ月も避難しなかった。政府の警告が遅れたせいだ、だけんちょ一月いたのは事実だべ。肺ん中まで入っちゃってんの、放射能が。だから息すんな。

**美月**　放射性物質の大半は水や埃に付着しており、大気の中にはほとんどありません。[*15]

**高坂**　喋んなっつったべ！　……ほとんど、ない？　それは、ちょっとはあるってことだべ。私はちょっともヤなの。……もし私が将来、子ども産めなくなったら、おめが責任とってくれんの？　どう責任とんの？　責任とれんの？　とれねえべ？　一度汚れたらもう落ちないんだよ、放射能は。おめは、汚れてんだ。

**美月**　違います。

**高坂**　おめの意見は聞いてね。私の不安を、おめに聞かせてんの。

**美月**　あなたはどこの出身。

**高坂**　私は浪江。浪江だって汚された。浪江にいた私も汚された。事故後すぐ逃げたからおめよか全然キレイだ。私はキレイ。だけんちょ、それでも私の中には確実に放射能が入った。もう嫌なの。１マイクロでも嫌なものは嫌なの。少しでも私は、キレイなままの私でいたいの。[*16]

出てって。私たちのとこから出てって。おめは汚ねえの、汚れてんの。放射能。放射能。

宮永が美月を抱き締める。それは現在の風景だ。

**宮永**　おめは汚れてなんかいねえ。おめは汚くねえ。

**美月**　避難直前の私の家の近くの放射線量は約8マイクロシーベルトパーアワー。かける8時間と、屋内の遮蔽《しゃへい》効果を考慮してかける0・4かける16時間を加えて、これに避難までの31日をかけると約3・57ミリシーベルト。私は3・57ミリシーベルトは汚染された。

**宮永**　数値なんか嘘だ。飯舘は綺麗な村だった。おめも綺麗だよ。おらの牛たちも。みんな。綺麗だ。美月……。

シーン・チェンジ。

# 第六景　２０１１１２２１９００

瞬時にテレビ局の会議室に場は移り変わる。真、塩崎、不破、真理の姿。

**真理**　それでは今日の反省会を始めます。お疲れ様でした。

**一同**　お疲れ様でした。

**真理**　本日のキャップの不破さんから。

**不破**　はい。特集については皆さんからのアドバイスのおかげで、充実したコンテンツが作れたんじゃないかなと思っています。特に松川町での住民の声はインパクトあったらしく、視聴者からの反響も多く寄せられました。

**塩崎**　妻が流された、俺は語らない、って言ってた男の人、いたよね。それとお腹に子どもがいる夫婦。あの口ゲンカのVは良かったよ、年末特番で使えるかもしれない。

**不破**　はい。

**塩崎**　（真理に）お前がおさえてきた例の女子高生もすぐに出せるよ。親父の許可、何とかもぎ取って来い。いじめてた側のコメントも取れたら最高だな。何なら二人を再会させたりして？

**真理**　無理だと思いますけど。

**塩崎**　浪江出身でビッグパレット[*17]で一緒だったってとこまでわかってんだ、調べりゃすぐだよ。

**真理**　そうじゃなくて。

**塩崎**　じゃあ何。

**真理**　あの女子高生、いじめられた側は身を切るほどつらい。でもいじめてた側も女の子で、知識不足とは言え本当に放射能に怯えてたんです。傷口に塩を塗るような真似はできません。

**塩崎**　ならお前にはジャーナリストとしての覚悟が足りねえ。どうです？　報道局長。

以下、『　』の中の台詞は、それぞれその登場人物が語る。

**真**　今日みんなが撮ってきてくれたV。こういうのばっか、集まってきちゃうんだナァ。
『俺は語らねえ』と語る、妻を流された男。
『線量高ーい！』と語る、身重の女。
『みんなおめらのせいだ』と語る、富岡の男。

『私は子どもが産めるのでしょうか』と語る、女子高生。
『おめが風評被害を広めてんだ』と語る、その父親。
『おい放射能』と語る、その友達。
……あちこちから悲鳴が聞こえてくるようだ。別に明るいニュースをやれとか動物のニュースを流せって言ってるわけでねぇけど。震災後、少しずつ状況は改善してるはずなのに、痛々しい言葉ばかり聴こえて来る。*18

**塩崎**　女子高生のは数字とれますよ。いや、素材きっちり集めときゃ年末の報道特番の柱にだってなる。親父も結構強い言葉言ってたな。
『福島の、一番の被害者は飯舘だ』、緊迫感出るじゃない。なあ、不破？

**不破**　はい。

**真理**　私たちの使命は、福島県民に生きる自信と誇りを取り戻してもらえるようなニュースを届けることとです。この大地で生きていていいんだ、生きていけるんだということを伝えるようなニュースを探して、伝えるべきじゃないでしょうか。そうでしょ、不破さん。

**不破**　その通りだと思います。

**塩崎**　でっち上げ。

**真理**　はい？

**塩崎**　でっち上げじゃないか、それ。

真理　違います。きちんと声を探して、取材して、使います。実際の声を流します。

塩崎　先に報道したいシナリオがあって、それに合わせて声を取りにいくんなら、お前の嫌いな偏向報道と全く同じじゃない。今、福島で素直に言葉を集めたら、その大半が悲鳴だった。その事実を伝えるのも、報道だろう?

真理　もう少し、耳を傾けてみませんか。

塩崎　何?

真理　すぐに結論を出さずに、この悲鳴にもう少しだけ耳を傾けてみませんか。私はまだ……どの人からも、すべての言葉を聞き出したとは思えないんです。

塩崎　当たり前だろ。たかがテレビの取材で、そんなことは不可能だよ。

真理　その通りです、でもまだ彼女たちの中には……語られたがる言葉たちが、語られるのを待っている気がするんです。

塩崎　(笑って)語られたがる、言葉?

再びそれぞれの登場人物たちが口を開く。

真理　さっきの言葉たち。
『俺は語らねえ』『線量高ーい!』『みんなおめらのせいだ』

『私は子どもが産めるのでしょうか』『おめが風評被害を広めてんだ』『おい放射能』

こんなものが本当に、彼らの語りたいことでしょうか。本当の声は、まだ他にあるんじゃないでしょうか。時間はかかるかもしれませんが、それを掘り当てることこそが、報道の使命なんじゃないでしょうか。[19]

**塩崎** おだまり。

**真理** 黙りません。安易でセンセーショナルな言葉に飛びつかず、その根っこを、井戸を、掘るべきじゃあないでしょうか。例え時間はかかったとしても。

**真** 小田。

**真理** はい。

**真** やってご覧。時間をかけて、徹底的に。……俺も聞いてみたい、君の言うような言葉を。

**真理** はい！

**塩崎** 真さん！ ……勘弁して下さいよ。仕事でやってるんすよ〜？ アート作ってんじゃないんですから。こだわり抜かれて、粘《ねば》られて、困るのは編集する方なんですからね。……特番の構成だって、ホントにそろそろ出してもらわないと。

**真** そうだね。もちろん、締切は守ろう。[20] それじゃ……。（と立ち去ろうとして）

**塩崎** またお見舞いですか。それとも取材？

**真** 取材じゃない。お見舞いだ。

**塩崎**　お見舞いなら、やめて下さい。取材なら止めませんけど。

**真**　取材なら、正面玄関から回ったらどうだい。

**塩崎**　どゆことです？

**真**　元双葉町長への取材なら、双葉町役場の広報課を当たるべきだ。確かにおらの兄ちゃんだが、その通路は言ってみりゃ裏口だ。

**塩崎**　何言っててんですか。正面玄関が開かないから、裏口に回ってんでしょ。おまけにあんたが鍵まで持ってる。元原発反対派のリーダーでありながら、原発推進派として町長にまでなって、原発事故を目撃した元双葉町長。[*21] ……コメント取れたらうちのスクープ、年末特番の柱はこれで決まり。お見舞いじゃなくて、取材だよ。

**真**　お見舞いです。

**塩崎**　なら今日は俺も行きます。

**真**　遠慮してもらってもいいかな。

**塩崎**　どうしてもご挨拶させて頂きたいので。もうお土産も、買っちゃってますし。ちゃんと買っといたよ、三万石《さんまんごく》のくるみゆべし。[*22]

**真**　随分ありきたりだね。

**塩崎**　忙しくて。誰かさんのせいで。

**真理**　塩崎さん。……私に行かせてもらえませんか。

**塩崎**　ダメだ。信用がない。

**真理**　必ずコメント取ってきます。そこは私も、真さんとは意見が違うので。

**塩崎**　と言うと?

**真理**　彼は語るべきです。元町長として、あの事故について。

シーン・チェンジ。突然老人の声が聞こえて来て、病室に切り替わる。

# 第七景　20111212 2030

**老人**　それでは皆さん、本日も元気よく、ラジオ体操第一！

ラジオ体操が流れる。老人が起き上がり、元気よく体操を始める。
そこに幻の人たちが集まってくる。[*23]

♪　ラジオ体操第一！　腕を前から上に、伸び伸びと、背伸びの運動から、ハイ。
1・2・3・4・5・6　腕と足の運動……
（中略）
……1・2・3・4・5・6　深呼吸です
深く息を吸って吐きましょう　5・6・7・8[*24]

**老人**　皆さん。おはようございます。

**幻の人たち**　おはようございます！

**老人**　今日も一日、明るい対応、迅速な対応、そして町民一人一人に対するきめ細やかな、までい[*25]の気持ちを忘れずに、業務に当たっていきましょう。

すでに皆さん、業務日報でご承知のことと思いますが、わが町の新たな標語が決まりました。一等賞に選ばれたのは、何と現在小学六年生の十一歳、大池勇気くんの書いてくれた標語です。

『原子力、明るい未来のエネルギー』。

これがわが町の新たな標語です。力強く瑞々しい、非常に良い言葉を頂きました。この標語を書いてくれた大池くんは、この町の未来について、やがて新幹線が通り、工場やビルが立ち並ぶ、明るいイメージを持っているとのことです。子どもたちが、未来に希望を持てる町づくり。まさに私の、町長としての夢とおんなじです。

この標語はいずれ、大きな看板にして、国道6号線沿いに設置する予定です。職員の皆さん。皆さんの一日一日、一つ一つの小さな仕事が、大池くんの夢を叶えるのです。

『原子力、明るい未来のエネルギー』。

原子力発電所、原子力エネルギーと共存共栄し、いち早く7・8号機増設を達成するために、日々たゆまぬ努力を重ねてゆきましょう。衣替えの季節です。皆さん、風邪などひかぬよう、元気よく、今日も一日、頑張っていきましょう。

**幻の人たち**　はい！

美弥は泣いている。

**真**　兄ちゃん。おらは、職員ではねえよ。それに今は、夜の……八時半だ。朝礼の時間ではねえ。……町役場の朝礼も、八時半だったのかなあ、朝の？[*26]

**美弥**　やめたげて。もう。

**幻の人**　町長。おかしなことを言うやつですね。つまみ出しちまいましょうか？

**老人**　やめときなさい、手荒な真似は。

**幻の人**　この町は駄目だ。このままじゃ駄目だ。もっともっと、発展させていかねっきゃなんね。

**老人**　焦っちゃいかん。政治は駆け引き、政治は粘り腰だ。

**幻の人**　僕はそんなこと、信用できません。

**老人**　どうした、君。

**真**　兄ちゃん。

**幻の人**　先生の言うことが本当なら、第五福竜丸の事件はなぜ起きましたか。先生の言う、アメリカの賢い学者さんたちが、計算間違えて、そんで日本の漁船が核爆発に巻き込まれたんでねぇですか。

**老人**　日本人は間違えない。

**幻の人**　逆ではねぇですか。日本こそ原子力の危険を、世界さ語ってく責務があるのではねぇですか。[*27]

**老人**　日本の原発は安全です。

**幻の人**　なしてそう言い切れます。チェルノブイリの事故は要は、人間のミスです。いわゆるヒューマン・エラーです。同じようなミスがねえと、なして言い切れます。

**美弥**　あんた。

**老人**　日本では、炉の形式がまるで異なりますから、同様のミスは起こりません。[*28]

美弥は老人を抱き締める。

**美弥**　どうかもう見ねえであげて。……働いているつもりなんだあ、今も。

**幻の人**　美弥ちゃん！

**老人**　離せ。離せ。

**美弥**　離さねえ。おらは離さねえ。落ち着いて。ね？

**真**　帰ります。

**真理**　失礼ながらお尋ね致します、穂積、忠さん。……穂積忠さんで間違いありませんね。
**美弥**　やめて。
**老人**　そうです。私が、穂積忠です。
**真理**　元双葉町長として、起きてしまった原発事故について、どのようにお感じになっていますか。
**幻の人**　おい俺！　決して答えちゃなんね。こいつは自分が正しいことしてっと思ってる。ほんで正しけりゃ人さぶん殴ってもいいと思ってやがる。殴られてんだ、俺は今！　おい俺！
**真理**　（優しく）事故が起きた際、どんなことを思いましたか。
**幻の人**　おまけに人を子供扱いしやがる！　ああ、俺に手足さえあれば！　おい俺、俺は俺のために、こいつをむしり取ってやれたのに。
**真理**　どんなことでも結構です。
**美弥**　やめましょ。この人が事故を起こしたわけでねえ。
**真理**　そりゃそうです。だけどこの人は、二十年間も双葉町長として原発を推進し、安全神話に手を貸して、7・8号機増設やプルサーマル計画にまで賛成してた。責任は問われるべきです。
**美弥**　責任は東電。
**真理**　もちろんです。でも、それだけじゃあない。政治的に推進した人たちにも責任はある。どうお考えですか、町長。一言でいいからお聞かせ下さい。

**幻の人**　答えちゃなんんね、一言も！　そっからほじくり返されて、言いたくねえことまで言わされる。こいつら数字さえ取れりゃいいんだ、社会の公器だの社会の木鐸《ぼくたく》*29だの言いながら、ほらほらほら、やってんのは病人いじめ。好きな食べ物でも答えてやれ。好きな食べ物。

**老人**　いか人参*30！

**真理**　はい？

**老人**　いか人参！　が食べたい！　久し振りに！

**美弥**　わがった。

**真**　兄ちゃん。……福島原発の1・3・4号機が爆発したけんちょも、どう思ってる？

**幻の人**　あ？

**真**　何か思うところがあったら、聞かせてもらえねえかな。

**幻の人**　警戒、警戒！　敵方に潜伏して侵入する伏兵あり！　警戒、警戒！　好きな食べ物！

**老人**　いか人参！

**幻の人たち**　いか人参！

**真**　原発事故について、どう思う。――これは何も、夕方の地方ニュースで使うためだけに聞くんではねえ。正直に話した方が、兄ちゃんのためにも良かんべと思って聞いてんだ。……正しく語るっつうことは、部屋を整理することに似てる。最初はどっから手ぇ付けたらいいかわかんねぐって難儀に思うかもしんねけんちょ、正しく語れば心が片付く。だけんちょ手を付けねっきゃ、ゴミ溜めで暮らすことんなる。兄ちゃんの部屋は今、ぐちゃぐちゃだ。一度、整理しねえと、ぐちゃぐちゃのまま生きてくことになんだよ。

**幻の人**　やめろ！　五十いくつのガキが、偉そうな口きくんでねえ。年とっとな、何でも手が届くよう、散らかった部屋に住みたくなんだ。少なくとも俺はそうだ。んだべ、なあ俺？

**真**　話しては、くんねえかな。──うち以外にも、兄ちゃんに取材したい局や新聞社は大勢ある。だったらせめて、おらに話してくれた方が、やりやすかんべと思うんだけんちょ……。

**幻の人**　話さない！　話さない！　話さなーッい！

間。

**美弥**　朝も晩も、八時半になっと朝礼始める。誰もいねえ場所をじっと見つめたり、話し掛けたり……苦しんでるのは十分わかっぺ？　それでは足りねえかな？　この人は原発事故後、「東電、何やってんだ！」、そう一声叫んだだけで、原発については一切語ってねえ。「語らない」。そのこと自体が本音を語ってる。そうは思っては、もらえねえかな？

**真**　帰ります。

**美弥**　そうして。今日はちょうど寝る前に採血だのレントゲンだの……検査もあっから。

**真理**　また取材に……。いえ、今度はお見舞いに、来させてもらってもいいでしょうか。
**美弥**　もちろん。あんがとね、くるみゆべし。嬉しかったあ。
**真理**　甘い物、お好きなんですか。
**美弥**　この人はきらい。大好きなのは、おら。
**真理**　……それは良かったです。本当に。

老人は美弥に手を引かれて、出て行く。

**真**　小田。……悪いない、今度はお見舞い。仕事、増やしちまってえ。
**真理**　いんです。こいで一人で来る口実ができました。スクープはおらのもんです。
**真**　取材はもうやめっぺ。取材はもう、やめだあ。
**真理**　彼は語るべきです。彼は、語るべきです。
**真**　それは自分から、自分の意志で語っから意味があんだ。だから心の部屋の整理にもなる。
**真理**　誰かがノックし続けねっきゃ、開かねえ扉もあんでしょう。
**真**　……君は双葉町に行ったことがあるかい。[*31]

間。

**真理**　ありません。

**真**　あそこは、本当に……何もない町だった。僕が物心つく頃にはまだ、原発の工事も始まってなくてね。ただの野っ原、海があるだけ。田舎を絵に描いたような町だった。親父はしょっちゅう出稼ぎで家にいなくて。お袋は畑ほじって、小さな店をやって……。今思えば毎日が夏休みみたいだった。

それが、原発が出来て変わった。町みんなが、原発から仕事をもらうようになった。新しい役場が建って学校が建って、原発で潤ったと言えば聞こえはいいが、原発以外の産業はなくなり、雇用も財政も原発に依存し切るようになった。兄ちゃんも変わった。お人好しで世話好きで、ただお祭り好きの兄ちゃんだったのが、原発反対派のリーダーになって、原発推進派の町長になって、今はご覧の通り。

……あの女子高生は間違ってるんだよ。福島県は、全滅なんかしてない。福島県は、まだ立ち直れる。中通りや会津地方なんか、風評被害を除けばほとんど傷も負ってないような地域もある。それを大袈裟に「全滅だ」なんて言うのは言葉の犯罪だ。いくら若くても許しちゃならない言い方だと思う。

だけど、双葉と大熊、この二つはその通りだ。全滅だ。

おらのふるさとは、全滅した。向こう何十年、人の笑い声が聴こえることはねえ。おらがあの町に帰ることもねえ……。

福島には何もなかった。だけど風が綺麗で、水がおいしくて、野菜と果物がおいしい、いい田舎だった。それが今や、世界で一番、奇妙な運命に見舞われてる。原発のせいでいくつかの町が全滅し、原発のせいで福島県民同士が言い争っている。それを県外の人間が風評被害でさらにいじめる。差別する。たった一度の事故のせいで、「いい田舎」は失われてしまった。[*32]

『福島県民に、生きる自信と誇りを取り戻す』。自分で言った言葉だが、今さらその難しさに直面しているよ。僕たちは言葉を仕事にしている。僕たちの伝える言葉で、福島を救わなくちゃならない。たかが報道に、そんなことができるんだろうか？　所詮僕たちは、事実を伝えることしかできないんじゃないか？　人を救おうなんて、おこがましい夢だったんじゃないか？　わからない。[*33]

福島は今、何を語りたがっているんだろう？　小田。君には聞こえるかい？　僕には聞こえない。

さて。明日も仕事だ。もう帰ろう。

真は立ち去る。真理は動かない。

**真**　帰っぞー?

真理が歩き出したところで、暗転。

## 第八景　201112131300

路肩に座ってパチンコ雑誌を開いている荒島に、不破がカメラを向けている。

**荒島**　また来たの？　ご苦労さん。だけどおんなじだよ、俺は何も語らない。今日？　朝から海物語。スーパー海物語。ちっとも出ねえの、開店二時間で二万も溶けたア。報道すっか？　義援金をパチンコに溶かす福島県民、って。この半年で五十万は溶かしてんでねえかなあ？　ハハハ。悪かったな、俺みたいなのが被災者で。流されるんだったら俺の方が良かったべなあ？

……早く行け。それとも金くれっか？　取材費。どうなの。あ？

**不破**　すみません。どうもありがとうございました。

佳織が乱入してきて、不破の体を引っ張り、無理矢理に自分の部屋に引き入れる。

**佳織**　さ、どうぞどうぞどうぞ。上がって下さい。ご連絡ありがとうございます。まだ話し足りないことといっぱい、いーっぱいあんですから。さ、どうぞどうぞどうぞ。お昼もう食べられました？　まだだったら食べてって下さい。あ、大・丈・夫！　心配しないで！　うち、ぜんぶ、食材はゼンブ県外ですから。福島県産はゼロ！　だから放射能もゼロ！　全部よそから取り寄せたりして、気ぃ使ってんです。
　さ、どうぞどうぞどうぞ。ぶりの照焼と、ほうれん草のおひたし。ご飯とお味噌汁。

**不破**　あぁ……。どうも……。

**佳織**　政府も県も検査してるって言うけど、ネットとかの情報見ると全然信用できないって言うか。後で謝られたって遅いですし。ごめんなさい、ちょっと入ってましたー、とか言われても、まぁ大人の私ならともかく、お腹の子どもにとっては1ベクレルだって許容できないし。だから野菜でもお魚でも、福島県産はもちろん、なるべく東北のも控えるようにしてるんです。自衛です。[*34]
　先のこととかお金のことは本当に心配で。郡山まで行っても線量変わんないどころかホットスポット[*35]もあるって言うから、いっそ県外？　西日本とか考えちゃいますね。[*36]

**不破**　あのこれは今、取材している方全員に訊いてるんですけど。

**佳織**　何ですか？

**不破** 福島の復興にとって、今、一番必要なものって、何だと思います？
**佳織** えー。
**不破** 難しいですよね。
**佳織** 難しいですね。
**不破** あの、強いて言うなら、ということでお答え頂ければ。
**佳織** あ、いや、そういうんじゃなくて。
**不破** はい？
**佳織** 無理じゃないですか？　復興とか。今は。
**不破** ……はぁ。
**佳織** 少なくとも私は、考えられないです。ここにずっと住むとか！
**不破** あー。なるほどですー。へー。
**佳織** おかしなこと言ってます？　私。でもこうやって県外の食品買い続けるのにも限度があるし。私、ハンディサイズの放射能測定器と、あと積算線量を図るガラスバッジ[*37]常に身につけてんですけど、もう数値見るだけで毎日げんなり、ノイローゼになりそうって言うか。

貴彦が出て来る。

貴彦　どうも、こんにちは。
不破　あ、すみません。お邪魔してます。
貴彦　ああどうぞ、そのままで。いや寝てたんですけどね、やけに騒がしいもんだから……。
佳織　そんなにうるさくしてないわよ。
貴彦　聴こえてたよ全部。食事のこととか西日本がどうとか、線量計でノイローゼになりそうだとか……。あんま言わねえでよ、聞いてるこっちがノイローゼんなる。
佳織　（不破に）この人結構、のん気なとこあって。まあ実際お腹に抱えてんのは私ですし。
貴彦　わかったよ。……行こう。西日本。……どこがいい、大阪、京都？
佳織　冗談言わねえで。
貴彦　冗談でねえよ。……年が明けたら再就職だと思ってたが、どうせ職探すんなら大阪でも京都でも一緒だあ。（不破に）補償金だの義援金だののがありますから、当面は働かなくても食ってけそうですが、これが途方もなく暇でね。死にそうです。驚きました、働いてる頃はあんなに休みが恋しかったのに、自ら働きたくなるなんて、ねえ。
不破　お仕事は、元々は何を。
貴彦　教師でした。中学の。……教え子もみんな散り散りですから、地元に未練はねえですよ。
佳織　やめてよ。冗談ばっか。
貴彦　だから、冗談でねえ。まあ、職探しは難儀するかもしんねけんちょ、見つかるまではアルバイトでも非常勤でもやって……。

**佳織** 住めるわけねえべした、関西なんて！　あんなガヤガヤしたとこ、頭おかしくなる。

**貴彦** （驚いて）おめが西日本がいいっつったんだべ。

**佳織** 線量さえ下がってくれりゃいいの。

**貴彦** んじゃ会津にでも引っ越すか。

**佳織** そんでは食の問題が未解決だ。

**貴彦** ほんならやっぱ西日本だべ。

**佳織** 人の話聞いてた？　あんなガヤガヤしたとこ……。

**貴彦** ほんなら鳥取でも山口でも、人のいなさそうなとこ行けばいいべ。

**佳織** 鳥取は砂漠だ！　それに山口なんか住んだら、福島県民は殺されちまう！*38

**貴彦** んじゃどしたらいい？　教えてくれ。

**佳織** なしてあたしばっか考えねっきゃいけねえの？　そうやってすぐ人任せにして。

**貴彦** 君が引っ越したいって言うから！

**佳織** 私は安心して暮らしたいだけ！

**貴彦** 西なら安心じゃねかったのか！

それまでこらえていた堰《せき》を切ったように、佳織は泣き出す。

佳織　生まれ育った富岡以外、安心な場所なんかあるわけねえべ！

貴彦　……んだなぁ。悪かった。悪かったよ。

佳織　……なしてこんな、違う町さ飛ばされて、毎日線量と風向きチェックしなきゃなんねえの。はじめての子どもでただでさえ不安なのに、子育て本じゃなくて放射能の記事ばっか読まなきゃなんねえの。誰が本当のこと言ってっかわかんねえから、ツイッターばっか見て、水も飲めねえ、外食もできねえ、おまけに夫には怒鳴られる。なしてこんな風に生きてかねっきゃなんねえの。私……。

貴彦　俺はね、テレビの人、もう自分なんかどうでもいいですよ。こいつさえ安心ならいいんだ。仕事もやっぱ、諦めます。昼寝して仕事がねえってボヤいてりゃあ、当分は国と東電が支払ってくれる、働くだけ損ってもんだ！　それに元々、教師なんて大変なだけです。残業は多いわ給料は安いわ、それに……3月の、11日ってのはねえ、卒業式の直前でねえ。別れの言葉、贈る言葉を、全員分考えてたんですが、あの爆発のせいで、全町避難、みんな無駄んなっちまった。報われねえ、つまらねえ仕事ですよ。全く。

佳織が貴彦に抱きつく。

**佳織**　町に帰りたい。

**貴彦**　一時帰宅、してみっか。

**佳織**　それはダメ。線量高いから。

**貴彦**　だべなあ。すーぐ線量計ピーピー言うぞ。……しっかし。俺たちゃ一体、何やってんだ？昼寝してたと思ったらケンカしてて、ケンカしたと思ったらこうして抱き合って……。（両手を広げて見せて）テレビの人。これが実態ですよ、おらたち被災者の。悲劇でもなけりゃ喜劇でもない、何だかわからん、バカバカしさの繰り返し。自分たちでも、どうして欲しいのかわからねえ。そうです。わからんのですよ、どうしたら解決するのか。どうすりゃいいのか。さぁどうぞ、撮って下さい。……何かに使えますかね？ああ、あとその、ぶりの照焼……。食べないんなら、僕がもらいますよ。どうします？

貴彦は変なポーズを取っている。佳織はそれに抱きつき、泣いている。不破はそれを無言で撮影し続けている。

シーン・チェンジ。

# 第九景　201112131600

床にごろごろしながらペットボトルの焼酎を煽っている宮永と、その隣に真理の姿。

**宮永**　できれば飲みたくないんですがね。やることがねえからついい飲んじまう。一杯が二杯になり、二杯が三杯になり、四杯飲んだらもうおしまいだ。一日中酔っ払い。うまいわけがねえ。これ4リットルで1500円です。特に深い意味もねえ。なるべく意味のねえことがしてえんです。原発のねえ村が、原発のせいで全村避難。そんなバカバカしいことに巻き込まれてみて下さい。バカバカしいことがしたくなります。意味のねえことがしたくなります。もともと酒好きっつうわけでもねえんです。おらみてえな仕事人間から仕事を奪うと、こういうのが出来上がる。

妻と別れてもう十年経ちます。それからずっと二人きりです。あいつのことなら何でもわかると思ってきた。だけんちょもう、十七です。わからねえことばっかりだってことが、ようやくわかりました。

**真理**　お嬢さんの上げた動画は、過激ですが悲痛です。今の福島を生きる十七歳の、正直な怒りと悲しみが伝わってきます。これを、

**宮永**　テレビで流させろ。っつんだべ？　ダメに決まってっぺ。

**真理**　もしお嬢でしたら、お名前は伏せた上で、

**宮永**　名前なんか伏せても見る人が見りゃすぐわかる。そんだけでねえ、あんな台詞、「福島県は全滅です」なんてテレビで流してみろ。美月も傷つく。余計に風評被害も広まる。

**真理**　その部分は使いません。後半の、「私に子供が産めなくなったら誰が補償してくれるのでしょうか」という部分を流します。

**宮永**　そんなもんダメだ。

**真理**　あそこには、女性としてのストレートな気持ちが、

**宮永**　子どもが産めなくなったら？　そんなに福島は汚れてんのか。放射能汚染は深刻なのか。そういう印象を広めることとんなる。福島では奇形児が生まれる、病気持ちが生まれる。そういう風評を広げることとんなる。データもねえのに！

　事実なら、伝えても結構だ。データがあんなら、語ってもいい。だけんちょ福島で奇形が出たなんてことは一切ねえ。人間はもちろん、牛もそうだ。虫一匹出てね。それなのに「子どもが産めなくなったら」？　早合点もいいとこだ。*39

**真理**　あの言葉の、気持ちはわかるんです。

**宮永**　気持ち？

**真理**　私の話で恐縮ですが。――3月12日、原発が水素爆発して、線量が急に上がったとき。あのときはまだ誰も状況が摑めておらず、原子炉の心臓部、格納容器が爆発した可能性もありました。そんなことになっていれば被害は今の何十倍・何百倍、福島県全体どころか東日本全土に避難指示が出てもおかしくなかった。

そんなとき、我が社では……女性にだけ、女性社員にだけ、自宅待機命令が出たんです。

**宮永**　テレビ局でか。

**真理**　はい。最初、私は反発しました。こんなときだからこそ現場に立ちたい。男性だけ働けるなんて不公平だ、と。でも……でも頭ではそう思っても、足はすくみました。本能的に怖いと思ったし、作る予定も相手もいないのに、急に私は、自分が子供を宿す性だ、産む性だということを意識したんです。それまで生理でさえ鬱陶しい、なくなってしまえばいいとまで思っていたのに。いつかは子どもを産みたい、と思っている自分がいることに気づいて、驚きました。女性には、そういう……得体の知れない直感があるんです。

結局三日間、仕事は休みました。正直、ショックでした。何だか自分が、卑怯《ひきょう》なことをしてる気がして。[*40]

**宮永**　ふん。

**真理**　美月さんの動画の中には、科学的に言って間違っている言説もあります。そこは、専門家による訂正を入れて紹介します。また、やはり専門家の見地から、現状の福島市の線量レベルでは一切健康や将来に害がないということを、放射線量の国際基準や、チェルノブイリや広島・長崎のデータとも比較して紹介しようと思っています。

**宮永**　放っといてくんねえか。ようやく炎上も落ち着いてきた。ちょっと前まで毎日、嫌がらせの手紙がどっさり届いて、カミソリでも爆弾でも届きかねねえ様子だった。ようやっと少し、落ち着いてきたんだ。

**真理**　寝た子は起こすな。……差別や風評被害があった際に、そう言ってなるべく無視する、触れないようにする態度がありますが、私はこれは間違っていると思うんです。寝た子は、正しく起こせ[*41]。正しい知識で、差別や風評被害を根絶してやるんです。一度広まってしまった誤った知識を、そのままにしてはいけない。
　美月さんの動画は数十万再生されています。誤った情報だけが広まるのを、私は防ぎたい。

**宮永**　……うちら、飯舘村の農家たちも今、独自調査を始めたんです。東京の大学と組んで、データの収集と分析をやってる。政府の対応を待っていては遅えからです。自腹ですよ？ 金出し合ってね。正しく汚染の実態を把握し、除染に役立てる。確かなデータを元に、安全を訴える。そしていち早く村の農業を再開する。だからあんたの言うことはよくわかる。差別や風評被害は、放っておいてなくなるもんでね。おらたちの手で、正しい知識に書き換えてやらねばなんね。

**真理**　（希望を感じて）はい。

**宮永**　だけんちょ、それとこれとは話が別だ。

**真理**　どういうことでしょう。

**宮永**　あれはおらの娘です。テレビに出して、晒し者になんかできるわけがね。

**真理**　誰も晒し者になんかは……。

**宮永**　それはあんたが、マスコミの人間だからわからねえんです。今までおらたち福島の農家が、あんたらマスコミの報道でどんだけ傷つけられたか。不安を広められたか。福島のことを心配するような振りをして福島はやべえぞと報道して、差別を広め、風評被害に加担したのはおめらマスコミだ。テレビの影響力を一番わかってねぇのは、おめたち自身だ。
今だって、「危ない」ニュースはよく流す。「安全な」ニュースは流さねえ。「危ない」ニュースの方が数字が取れっからだ。んだべ？

**真理**　私は……。

**宮永**　あんたたちはもう忘れてるかもしんねけんちょ、福島でもう農業はできねえと悲観して、自殺した農家がいた。おらは死なねえ、こうして飲んだくれるだけだ、だけんちょ気持ちはよくわかる。娘と牛たちがいねかったら死んでたかもしんね。
原発事故で、人は死んだんだ。自殺した農家。避難のストレスで死んだ老人たち。放射能っつわれていじめられた美月だって、下手したら死んでたかもしんね。……テレビに出して晒し者になんかしたら、死ぬほどの傷を受けたっておかしくねえ。*42
それをおめえは、報道してえのか。それでもおめえは、晒してえのか。おらの娘を、テレビなんかに。

間。

**真理** 正しく語るということは、部屋を整理することに似てる。
**宮永** ん？
**真理** 今の彼女は随分混乱して、不安定なように見えます。専門家の意見と、正しい知識を交えて語ることは、彼女にとっても良い心の整理になるんじゃないかと思いました。（書類を渡して）これ、正式な企画書と、取材の依頼書です。お父様の方で破り捨てて頂くか、美月ちゃんに渡して下さい。
**宮永** 破り捨てるよ。それでもいいのか？
**真理** よろしくお願いします。（と宮永に書類を手渡し）今日はお時間、どうもありがとうございました。美月ちゃんによろしくお伝え下さい。……もし、お邪魔でなかったら、お帰りを待って一言だけでもご挨拶させて頂ければ。

**宮永** 邪魔だ。ただでさえまずい酒が、よけいにまずくなる。帰ってくんちょ。

**真理** ありがたい本音、ありがとうございました。……ご連絡、お待ちして、おりません。

**宮永** ん？

**真理** 私の本音です。……親はそうあるべきだ！　あなたは立派です。断って頂いても構わないと思っています。娘さん、大事にしてやって下さい。

真理は立ち去る。

**宮永** 収録は、三日後。だとよ。……断ったっていいんだ。なあ、美月。

美月が現れ、書類を受け取る。美月は一瞬、真剣な目で書類を見つめた後、嬉しそうに宮永に抱きつく。

シーン・チェンジ。

# 第十景　20111215 1900

テレビ局の会議室。
報道チームがミーティングをしている。

**真理**　それではミーティングをはじめます。よろしくお願いします。
**一同**　よろしくお願いします。
**真理**　本日の議題は来週末に迫った報道特番の柱について。局長の裁可を頂くところまで持っていければと思っております。それでは不破さんから。
**不破**　えっ、また僕？　いつも僕からだなぁ、真理ちゃんからやってよ。
**真理**　わかりました。……私からの提案のタイトルは、『新しい暮らしの見通し』。……避難所から仮設住宅や復興公営住宅へ移ってきた被災者の様子などに触れながら、年末年始という大きなイベントを迎えるにあたって、新しいコミュニティの構築に人々がどのような苦労と工夫をしているかということについて取り上げたいと思います。
**塩崎**　ふーん。ハイライトは、全員参加の餅つき大会で決まりだな。
**真理**　……恐らく、そうなるとは思いますが。
**塩崎**　相変わらず地味ねえ。
**真理**　立ち直りつつある人々の生活を伝える、勇気を与える内容だと思います。
**塩崎**　そんなのほほんとした内容じゃあ、裏番組のドラえもんに太刀打ちできないよ。
**真理**　塩崎さんの案を聞かせて下さい。
**塩崎**　わかりました。仮タイトルは、『癒やされぬ傷跡』。震災前と直後、現在の映像を比較しつつ、3・11の爪痕《つめあと》を描きます。フォーカスを当てるのは風景だけでなく、被災者の心の傷です。一本V観てもらってもいいですか、未編集ですけどそんなに長くないんで。
**真理**　最近撮ったものですか。
**塩崎**　うん、つうか今日。――お前の追ってた炎上女子高生と、それをいじめてたご当人の感動の対面。……おっと怒るなよ、偶然撮れちゃったんだからさ。
**真理**　偶然？
**塩崎**　お前があの子、親父の反対もあってテレビには出ないと思う……なんて弱気なこと言っただろ？　だから俺が行ったのよ、直接。そしたら、そこで、たまたま。
**真理**　そんなことありますか。

**塩崎**　顔も名前も住所もネットに晒されてんだ。本人がその気になればすぐだよ。
**真理**　どうして止めなかったんですか。
**塩崎**　俺が行ったときにはもう始まってたんだ。こんな感じで。

　　Vの内容——塩崎が撮ってきた高坂と美月の会話が演じられる。

**高坂**　おいそこカメラ止めろ。止めろっつったべ？　(美月に) 何だありゃ、テレビか？　ネットじゃ飽き足らず、偉くなったもんだなあ？
**美月**　(塩崎に) 帰って下さい。
**塩崎**　敷地内には入らないよ、でもここ公道だから。……ケンカ？
**高坂**　ああ、ケンカだ。こいつが性懲りもなくまた動画上げさらすから！　こいつは前の動画で「福島県は全滅です」なんて言った。だけんちょ、全滅に追い込んでんのはこいつだ。あてにならねえ情報ばっか流して。
**美月**　私はただ、
**高坂**　こっち向くな。息が掛かる。そっち向いたまま喋れ、放射能。
**美月**　……私はただ、大手メディアでは報道されない、福島の深刻さを紹介しようと、
**高坂**　そうやって福島を「全滅」に追い込もうとしてる。

美月　違います。正しい情報を伝えて、一人一人が自分の頭で対処できるように、

高坂　こっち向くなっつったべ。次、こっち向いたらグーで殴るぞ。直れ。……前へ直れ！

……私は最初、神奈川の親戚のとこさいたの。おめが私らの避難所さ来る前。そこで私は、放射能って呼ばれた。ホーシャノーのビョーゲンキン。福島出身はみんな汚染されてると思ってる。とんだ勘違い、そうだべ？　本当に汚染されてんのは、おめみてえな逃げ遅れた奴だけ。私は違う。なのにおめが福島は汚え、福島は汚えと言うから、福島まるごと汚えことにされちまう。

塩崎　……聞かせてもらってもいいかな。神奈川で、「放射能」って言って、いじめられたの？

高坂　いじめられてはいいね。ただ、そう呼ばれただけだ。

塩崎　そんで避難所、郡山のビッグパレットだよね、あそこで彼女を「放射能」って呼んだの？

高坂　んだ。

塩崎　どうして？

高坂　その方が正確だから。私は事故後、ほんの半日、浪江にいただけ。あいつは一ヶ月も飯舘村にいた。汚れてんのはあいつの方だべ。……おめらは知らねえだろうけど、神奈川に限んね、関東じゃ私らの扱いは「放射能」だ。福島イコール「放射能」。神奈川の親戚んとこさ一時避難したとき、……福島ナンバーつけてるだけでガソリンスタンドに給油を断られた。給油待ちの行列の後ろから、汚染車は出てけ、被曝者は帰れってどやされた。私の友達で、

ホテルに泊まんのを断られた人もいる。

表情も見えない黒い人の群れが現れ、高坂を取り囲む。

**黒い人**　おい放射能。放射能。お前だよ。あの車、お前んちのだろ、早くどかせよ、放射能が伝染る。

**黒い人**　被曝者は福島に帰れ。被曝者は福島か、広島・長崎から出て来んな。

**黒い人**　お前らのせいで俺たちは酷い目にあってんだ。お前らが原発なんか作ったから。

**黒い人**　関東出て来んな、自業自得だ。原発と一緒に放射能で死ね。

黒い人達は消える。*43

**高坂**　これは全部、私の妹が実際に言われた言葉。とてもじゃないけど暮らせなかったし、一週間で親戚の方から出てってくれって言われた。もっと、もっとひどいことも言われた。

**塩崎**　どんな言葉？　教えてもらえる？

**高坂**　言えるわけねえべ！　(塩崎に) だけど、わかる、あんた？　私らは、言われて当然なの。だって、福島が、こんなことになっちゃったんだから。だけどね、(美月に) おめに言われ

**美月**　んのだけは許せねえの。私より汚れてるあんたに！　勝手に被害を広めてる、おめに！　もし、

**高坂**　聞こえねえよ！　声張って喋れ！　ブス！

**美月**　もし福島に対して差別があるなら、それを正す声を上げなきゃ。

**高坂**　そいつぁおめの仕事ではね。

**美月**　差別されて当然なんて、私は思わない。

**高坂**　ならもうやめて！　お願いだから、黙ってて。インターネットに可能性なんて、ねえよ。デマと炎上、広めてるだけでねえか。

**美月**　私の投稿を見て、認識を改めてくれた人もいる。

**高坂**　それ以上に誤解を広めてんの。あんたは。

**美月**　人は正しい知識さえあれば、正しく振る舞える。

**高坂**　んなわけがねえ。今回の震災で、地震と津波以上に私たちを苦しめたのは、原発だ。だけんちょ原発以上に私たちを苦しめたのは、人間だ。人間の放つ悪意、差別、風評被害……。あんたはそんなこともわからずに福島を生きているの？[*44]

**美月**　伝わりづらいことだからこそ、何度も伝えなきゃ。

**高坂**　人は見たいものしか見ない、聞きたいことしか聞かない。あんたが喋る度に復興が遠ざかる。お願い、黙ってて。

（塩崎に）おい、そこ、いい加減撮るのやめろ。おい。

報道チームの空間に戻る。

**塩崎** という並々ならぬ臨場感のあるショットを、

**真理** こんなの使えるわけありません。

**塩崎** うまく切り貼りすれば使える。

**真理** それで何を伝えたいんですか。争い合ってる県民同士の姿を見せたいんですか。

**塩崎** もちろん、これだけじゃ特集にはならない。だけど震災の爪痕、被害の傷跡、分断された住民たちの怒りの声、叫び声、泣き声……。そういうコマを繋ぎ合わせれば物語は作れる。オープニングの絵も決まってんだ、オープニングは福島駅前の様子、全員マスクして、呪われたような目をして黙々と歩いている目、目、目……。一つ一つの目が訴えかける、震災はまだ終わっていない、我々はまだ被災者のままだ、故郷は失われたままだ。すべての目がこちらを見ている。強烈なメッセージだ。
仮設住宅での住民同士の言い争い、『みんなおめらのせいだ』『あり得ないんですけど』！
妻を流された男の怒り、『俺は語らねえ』！
風評被害に怒り狂う農家、『原発事故で、人は死んだんだ』！

差別に怒る少女、『原発以上に私たちを苦しめたのは、人間だ』。警鐘を鳴らす少女、『福島県は全滅です』。

そして気の触れた元町長のコメント、『腕を前から上に、背伸びの運動から』！

**真理**　……今、私たちテレビが、地元へ向けて悲惨を伝えて、何になるんですか。今さら悲劇を伝えて、何になるんですか。『福島県民に、生きる自信と誇りを取り戻す』、それが私たちの、今の私たちの使命でしょう。私は反対です。

**不破**　僕は賛成です。

**真理**　不破さん？

**不破**　少なくとも小田さんの言う、餅つき大会より迫力出ると思うな。それにこれ……この特集は東京のキー局の人間も見るんで。インパクトのある絵、多めじゃないと。

**真理**　だったら、なおさら。……東京にこんなこと、伝えて何になるんです？　福島が苦しんでる姿を見て、それで上がる視聴率に何の意味があるんです？

**不破**　視聴率には意味があるよ。

**真理**　不破さん。

**不破**　違うよ真理ちゃん。塩崎さんはおかしくない、ごくごくまともだよ。局長が「生きる自信と誇り」がどうこう言うのに、真理ちゃんは影響受け過ぎだよ。ここで数、取りに行かなきゃテレビ屋じゃないよ。自己満足でいいなら自主制作映画でも撮ってりゃいいじゃない。

僕たちは、わかる？　ドラえもんと戦わなくちゃいけないんだよ。ダウンタウンとかAKBとかジャニーズとかと戦わなくちゃいけないんだよ。餅つき大会で勝てるわけないよ。刺激的なコンテンツ、作らなきゃダメなんだよ。

大体……局長の方針って言ったって、そんなの絶対じゃないじゃない。局長はいずれ人事で変わるんだよ。（真に）ごめんなさい、でもそうですよね？（真理に）僕たちが従うべきなのは、長くて二〜三年の命の局長の方針じゃなくて、局の方針じゃないかな。僕たちは局からお金もらってんだよ。局のお金で、フィルム代もらってんだよ。……まぁその、もうデジタルだから、フィルム代ってのは比喩だけど。

でも僕は、真さんの方針と心中したくありません。僕はあと三十年はこの会社に務めます。局の方針に従いたい。僕は何も、反発したいんじゃないですよ？　でも局長は、数字のことも考えてくれないと。

**塩崎**　ちなみに東京からは……TBSテレビからは、われわれテレビユー福島報道部に対して直々に、全員マスクを着けて登下校する小学生たちの絵、あるいは全員マスクを着けて行事に参加する小学生たちの絵を寄越せと言われています。東京で見たがっている福島は、そういう福島です。……俺たちは民放ですよ？　見たがってるもの見せないで、どうすんです？

間。

真に一同の集中が集まる。

**真**　僕の方針を示そう。

塩崎くんと不破くんの、意見はよくわかる。数字も大事だ。過激さやわかりやすさも、必要だわな。だけんちょ……それが福島を、福島に生きる人々を傷つけるような過激さや単純化なら、おらは許さねね。みんながマスク着けてる写真撮って東京で流して、それが何になる？　それは誰も救わないのに、多くの人を傷つける。*45

それにおらは、実はずっと気になってんだ、前に小田くんが言った一言……、「彼らの中にはまだ、語られたがる言葉たちが眠っているんじゃないか」。

例えば……あの若夫婦。彼らは一体、何を語りたかったんだろう？

**佳織**　町に帰りたい。

**貴彦**　テレビの人。これが実態ですよ。バカバカしさの繰り返し。

**真**　彼らは絶望してんだろうか？　だけんちょ、彼らは生きていく。日々お腹の膨らみが大きくなってくのを静かに喜びながら。

あの酒浸りの牛の肥育農家。こう言っていた。

**宮永**　娘と牛たちがいねかったら死んでたかもしんね。

**真**　きっと本音だ。だけんちょ裏を返せば、娘がいっから、牛たちがいっから、生きてたいっつうことでもある。

あの二人の少女の論争は、まるでおらたちが抱えてる問題をそのまま語ってるようだ。

**美月**　伝わりづらいことだからこそ、何度も伝えなきゃ。

**高坂**　人は見たいものしか見ない、聞きたいことしか聞かない。

**真**　おらたちが真面目な報道をやればやるほど、チャンネルは変えられちまう。タレントのバカ騒ぎに。旅番組に。クイズ番組に。

おらたちは視聴率を、愛しながら憎んでいる。おらたちは視聴率を心の底から、喉から手が出るほど欲しいと思いながら、その気まぐれと軽薄さにうんざりしてる。すぐに浮気する気の多い恋人みてえだ。だけど捨てられない、支配されている。彼女がいないと、おらたちにはもう、何にもできない。

それはすなわち、「資本主義とまじめな報道の相性が、極めて悪い」と言うことだ。……あるいはこうも言える、そしてより絶望は深い、「民主主義とまじめな報道は、極めて相性が悪い」。いずれも皮肉だが、おらには真実に思える。民衆の喜ぶ番組にすればするほど、まじめな報道から遠ざかり、まじめな報道にすればするほど、民衆の関心から遠ざかってしまう。

だけんちょ、もしかすっと本当はまだ、おらたちが知らないだけで……語られるべきことは残されてんのかもしんね。福島は何かを、語り掛けてんのかもしんね。そして本当に語るべきこと、語られるべきことが語られたなら、すべての人は耳を傾けてくれるかもしんね。福島に。福島の語ることに。

どう思う？

長い間。

誰もが答えがわからずまごついているが、誰もが語り出したがっている様子が伺える。

**貴彦** 訴えたいことは極めて平凡です。元通りの日常。……しかしそれは事故の性質上、不可能です。ならばいかに新しい日常を築き上げていくか、ということですが、しかし私たちは抱えている問題の性質上、しばらくは難しそうです。何せ子どもが生まれますんで。

**宮永** 生活の補償と、土地の除染、そして原発の廃炉。問題はこの三つです。これらを早急に成さねば、農家や商店は別の土地に根を下ろし、戻ってきません。建物は建て直すことができますが、離れてしまった人と牛は戻らねえ。手遅れんなる前に手を打たねえといけませんん。

**佳織** 生活に影響する喫緊《きっきん》の課題として、除染作業の迅速化をまず第一に求めたいですが、しかし同時に今後の補償と生活支援に関する見通しの効いたロードマップを提示して下さい。

向こう三年後、五年後のことを考えられなければ、生活も子育ても計画が立ち行きません。

**高坂**　私は今、いわゆる仮設に住んでいますが、五人家族には手狭な上、東北の冬の寒さに全く対応できておらず、いち早く地に足の着いた住まいに落ち着きたい。住まいが定まらなければ就職もままなりません。生活の再建について対応を加速させて頂きたい。

**美月**　現状、何よりも求められているのは、各種データの全面的な公開と共有です。データを元に様々な専門家が安全性について検討を加え、将来の生活・健康に一体どれだけの影響があるのか明らかにしなければ、本当の意味での安心は決して訪れないと思います。

**真**　それは、そういうことは、もちろんです。だけんちょ、もっと根本的な何か……。それは多分、ごくシンプルなもので……。

**塩崎**　付き合ってらんね！　時間もねえのに、雲をつかむような話すんな。

**真理**　私ももう少し、考えてみたいです。

**塩崎**　じゃあいいよ、もう、餅つき大会で！　間に合わねえぞ、ホントに！

**真**　三分くれ。三分。……静かにしててくんねか？　……これで最後だ。本当に。三分でいい。

**塩崎**　俺こういうの、ドライにきっちり三分計るタイプですよ。

**真**　やってくれ。よーい……、スタート。

間。
……五秒後に、塩崎の舌打ちが聞こえる。
……さらに二十秒後に、誰かの携帯が鳴る。

**塩崎** あ？
**不破** すみません。僕です。え？
**塩崎** 切っとけよ。
**不破** すみません、ちょっと出ます。

と、不破、出て行く。ドアが締まり、……十五秒の間。

**塩崎** 何の時間だよ、全く。
**真理** 静かに。
**塩崎** 意味ねえよ。やめよう。……誰もが納得する報道なんてないんだよ。
**真理** 私たちは今、自分たちが納得できる答えを探してるんです。報道とはどうあるべきかなんて話をしてるんでもない。死者・行方不明者1万8千人、原発事故による避難者数15万人超、こんな災害を前にして報道に何ができるのか、それとも何もできないのか。考えてるんです。

塩崎　早く答えを教えてくれ。

真理　ガタガタうるせえ男だな。三分くらい、黙って待ってろ。あと何分だ。

塩崎　……1分5秒！

と、不破が荒島を連れて飛び込んでくる。

不破　すみません。会議中に。……ちょっとお時間いいですか。

塩崎　どちら様。

不破　僕が取材で……名刺を渡して、いつでも話聞かせて下さい、必ずお時間作ります……って言ったら、本当に来ちゃって。（荒島に）あ、どうもありがとうございます。

荒島　……。

塩崎　悪いけど、お引取り頂いて、

真　VTRで見ました。確か頑《かたく》なに、「語らない」と仰っていた……。どうされましたか？

荒島　語らせて下さい。お願いします。

……話したくてたまらなくなったんです。聞いてほしくて、どうしようもなくなっちまったんです。俺の妻のこと。津波に流された、妻と娘のこと。すみません。聞いて下さい。

3月11日2時46分。俺ぁ自営業でいつも家にいんですが、その日はたまたま、たまたま妻も家にいたんです。本当に、たまたま……。そんであの通りグラッと来て、店のもん全部床に倒れて、いつも点けてるラジオのボリュームを最大にしたら、津波だって言うから……。そこで俺ぁ、間違えちまった。間に合うもんだと甘く見て、妻に、保育園さ行って様子見て来。何なら娘、連れ帰って来って、言っちまった。言っちまった。

そんで俺ぁ、もう一度間違えた。ラジオがガンガン、巨大な津波だ、予想より遥かに大きい津波だって言うもんだから、俺も保育園さ行こうとしたんです。だけんちょ、足がこうです。しかも店の外さ出たら、のん気にウロチョロしてるジジババがいっから、バカヤロウ危ねえぞーッて、高台まで案内しちまったんです。保育園にも行かねで。あそこでジジババ見捨てて保育園さ行ってたら、少なくとも一緒に死ねた。手を握って死ねた。俺ぁ二度も間違えた。

ジジババ見送って戻ってきたら、遠くから真っ黒い渦だか壁だか、とにかく見たことねえ塊が押し寄せてくる。海の色には見えね。漁船だの港の倉庫だの、子どもの玩具みたく……ちょうどうちの娘が風呂にオモチャ浮かべて、ざぶーんと洗い場に流すのが大好きで、いつもキャッキャと笑うんですが、そんな風にして流れてくる。漁船だの、倉庫だの、自動車だの……。見た瞬間、「あっ、しまった」と思って、血の気が引きました。足引きずって、必死に走って……何とか店に停めてある軽自動車に乗って、保育園のある海沿いの方へ出しました。だが間に合わねえ。道路にまで押し寄せてくる黒い渦に飲まれて、車ごと軽々浮いて、流されました。いくらアクセル踏んでも前にも後ろにも動かねえ。数十メートル流された後で坂の上に乗り上げて、横倒しんなりました。俺ぁ這い出て、何とか生き延びた。ここで生き延びちまったのが、三度目の間違いです。死んでりゃどんだけ楽だったか……。

それから何とか、二人の無事を祈りながら、あちこち電話かけまくったり、避難所から避難所へ歩き回ったりしてましたが、そこでボーンだ。原発の爆発です。うちは双葉ですからね、音まで聞こえました、ボーンっていう……。サイレンがウーウー鳴って、住民はとにかく出て行け。念のための避難だ、一日二日で戻れる……っつうから、避難先で会えると祈ってバスさ乗りましたが……これも間違いだった。もう戻れねえ。戻してもらえねえんです。線量が高いからっつって。通してくれねえ。俺ぁそんなの、構うわきゃねぇのに。この九ヶ月で一時帰宅が三回だけありましたが、そんだけ。しかも毎回90分もいたら線量いっぱいでおしまい。おまけに俺ぁこの足です。ろくに探しにも回れねぇ。原発さえなけりゃね、原発の事故さえなけりゃ、海岸を隈なく……死ぬまで探し回りますよ。死んだって歩く。

もう生きてるとは思っちゃいねえ。だけんちょ、何もねぇんです。遺骨はおろか、遺留品の一つもねぇ。それなのに政府はそろそろ、瓦礫《がれき》の撤去を始めるとか抜かしやがる。二人がいるかもしれねぇのに。手袋かマフラーくらい、見つかるかもしんねえのに。（頭を下げて）お願いします。俺をテレビに、出して下さい。万に一つ、どこかで生きてるかもしんねえ。万に一つ。あるいは誰か、知ってるかもしんねえ。俺の妻と娘が、ここで死んでたよって、教えてくれるかもしんね。何もねぇんです。何か、知りてぇんです。そういうときは、テレビが一番だ。違いますか？　お願いします。お願いします……。＊46

間。

**真**　誰か、回してたか。

**一同**　……。

**真**　（荒島に）今のお話、改めてゆっくり、お聞かせ頂けますか。

**荒島**　はい。何回でも。何度でもお話します。……よろしくお願いします。もう、テレビ局さんだけが頼みなんです。うちは妻も娘も……。

**真**　大丈夫ですよ。

**荒島**　妻も娘も、一月が誕生日なんです。誕生日までには、何とかしてやりたいんです。何とか……。このまま瓦礫と一緒に捨てちまうなんて、俺ぁとても……。

**真**　大丈夫です。

荒島は泣き崩れる。
真は荒島の両肩を摑んで、それを支えてやる。

**真理**　こういうこと、ばかりじゃないですか。

**真**　どういう意味。

**真理**　こういう……特別で、特殊で、その人だけの言葉ばかりじゃないですか。それが死者・行方不明者1万8000人、避難者は計15万人。16万8000の言葉たちがあって、それをどうやって報道できるんですか。

**真**　それは無理だよ。

**真理**　じゃあ、どうすんです。

**真**　僕は今、こんな風に思うんだがね。……俺たちゃ地元テレビ局だ。おらたち被災者のバラバラのエピソードを、無理に一つの物語に仕立て上げず、ただ例えば……ロウソクを並べるようにして並べたら、それだけで見ている人には、震災の一つの姿が見えて来ないかな。
その中から、福島の声は聞こえてこないかな。
どうだろう？　小田。

沈黙。そして暗転。……その中に、様々な本やエッセイ、ニュース記事、ウェブサイト、小説などから抜き書きした「語られたがる言葉たち」が聞こえてくる。一つ、二つ、重なって四つ、重なって十、百、一万……。声は洪水のようになり、劇場を埋め尽くす。

# 第十一景　201112300604

美しい朝日が差し込んできて、老人が目を覚ます。
傍らには美弥がおり、二人を幻の人が見下ろしている。幻の人は涙を流している。

**幻の人**　おはようございます。朝になりました。あなたにとって最後の朝です。……すべての朝は夜に続き、夜は朝に続く。しかしこの夜はもう朝には続きません。これが最後の朝、これからはずっと夜。二度と太陽は昇りません。
おはよう、そしてさようなら。これが最後の挨拶です。

**老人**　おはよう。そして、さようなら。

**美弥**　んなこと言わねえで。

**幻の人**　もう最後の挨拶は済みました。

**美弥**　あんたはよく頑張った。町のためにずっと、よく頑張ったねえ。……いくら他の人が、後の世の人が悪く言っても、おらだけはあんたの好きなとこ、百でも千でも言ってやる。あんたはただ、町を良くしてえ、人のためになりてえっつう……。それが原発だっただけで。あんたは間違えた。だけどあんたは悪くねえ。そしておらは、あんたのこと愛してる。

**幻の人**　怖がることはありません。すべての人がこの道を通り、そして戻っていくのです。この道は、いつか来た道、♪ああ、そうだよ……。

**幻の人と美弥**　♪お母様と　馬車で行ったよ。

**老人**　行くときは、目を閉じた方がいいのかい。

**幻の人**　その方がいいでしょう。目を閉じるときっと、幻の音はもう聴こえない。懐かしい声が聴こえてきます。

**モモ**　ワン！

**老人**　確かに聴こえた。待っててくれたんだね。

**モモ**　ワン……。

**老人**　行きましょう。

**幻の人**　大丈夫、怖くはありません。命があまねくこの地上を満たしているように、死もまたあまねくこの地上や空中を満たしているのです。

老人は幻の人に手を引かれながら、舞台から立ち去ってゆく。*47

# 第十二景　201203311100

いつも通りのスーツ姿の真が、真理に話し掛けている。

**真**　（USBメモリを手渡して）これが、おらが使ってたファイル一式。コンタクトリストの取り扱いには特に気いつけて。（書類を取り出し）ほんでこれが置き土産、みんなに配ってんだけんちょ……。

**真理**　何ですか？

**真**　線量データの正しい読み方について。空間線量と実効線量の違い、統計データから独自に弾き出したモニタリングポストの数値の変換式、α線とγ線の違いなどよくある間違い、基礎知識、FAQ……。小田は文系だったべ？　特によく読むこと。

**真理**　はい。

**真**　これからの報道は正しいデータの提示が何よりも大事んなる。差別、風評被害、食への不安、

漠然とした生活への恐怖……。すべて間違った知識から来ている。正しく知ることが福島を救う。寝た子は、

**真理**　正しく起こせ。

**真**　……おらは報道を去る。だけんちょこうしていざとなっと、その尊さを改めて感じる。毎日取材先を飛び回って、原稿にかじりついて、デスクの下でなんか寝てたりすっと、おらぁ一体何やってんだ、何を一人で世界と戦おうとしてんだって、虚しくなることもある。だけんちょ、世界とは戦えんだ。ペンは唯一、世界全部と戦える武器なんだよ。君はそういう仕事をしている。（と書類を手渡す）

（作業服を体に当てて）見て。これがおらの、新しい衣裳。飯舘村の、役場のおじさん。うちのチャンカー*48には笑われたけんちょ。似合ってっぺ？

**真理**　残念ですが、私もチャンカーに賛成かな。

**真**　おだまり。*49

真は立ち去り、作業着に着替える姿がぼんやりと見える。
チャップリンの曲『スマイル』のサックスアレンジが聴こえる。*50

**真理**　こうして私の上司は、定年を前にして自ら辞表を書き、報道の現場を去った。福島が立ち

直ろうとしている今だからこそ、マスコミのような空中戦ではなく、現場で汗を流したいと言って……。その後、原発被害の最も大きかった自治体の一つである飯舘村の職員に志願して再就職し、村民の帰還のために汗を流している。

私は月に一度、彼が趣味で吹いているサックスを聴きに、ジャズバーで顔を合わせる。不出来な後輩の一人として、私は今も彼の言葉を胸の内で繰り返す。福島県民に、生きる自信と誇りを取り戻す。福島県民に、生きる自信と誇りを取り戻す。福島県民に、生きる自信と誇りを取り戻す。

暗転。

## 注解

＊1　本作品は2016年夏から2019年夏にかけて筆者が収集した震災エピソードを繋ぎ合わせて作られている。「語られたがる言葉たち」というのはそのときの体験から生まれた言葉だ。福島の人々から話を聞く際、「自分から震災や原発のことについて聞かない」というルールを作ってただ雑談を重ねたのだが、一人の例外もなく人々は震災や原発について語り始めた。まるで言葉が語られたがっているかのように。

＊2　第一部でのある種いじらしい、そして周囲に流されがちである美弥と、第二部の豪胆で気迫あふれる美弥、そして第三部での美弥はそれぞれ同一人物のようにも見えるし、別人のようにも見える。

＊3　2011年9月に行われた意識調査のデータを元にしている。福島民友新聞社『福島の1年』p136より。

＊4　劇中で繰り返されるこのスローガンはモデルとした大森真氏が実際にテレビユー福島の報道指針として部下に示したものだ。

＊5　「合ってっぺした」とは福島方言で「合ってるだろう」というような意味。

＊6　この女子高生には実在のモデルがいる。同じ内容を説明会に来た東電社長に対してぶつけた15歳の少女だ。『福島の1年』56頁より。

＊7　双葉町の住民および役場機能は、町長の指示の下、まとまって埼玉県加須市にある旧埼玉県立騎西高等学校へ避難した。荒島は足が悪かったため特例的に福島市内の災害公営住宅に避難している、という設定である。

＊8　避難生活中の被災者たちが暇だった上、急に多額の義援金を手にしたためパチンコ屋に行列した光景が各地で見られた。

＊9　正確には「チェルノブイリの首飾り《ネックレス》」と呼ばれる。甲状腺の摘出手術の傷跡が首飾り《ネックレス》に見えたことに由来する。

＊10　ここでの計算式は、一日のうち8時間は外にいて、16時間屋内におり、屋内にいる間は建物の壁による遮蔽効果を表す低減係数0・4をかけた場合の計算式である。正確には15・768ミリシーベルト。

＊11　後に順次解除されてはいくが、当初は原発から周囲30㎞の地域はすべて避難を強いられた。その中には津波被害を受けていないのはもちろん、地震による被害が少なく、倒壊どころかヒビ一つ入っていないような住宅さえも混ざっていた。

＊12　一見理不尽な怒りに見えるが、同様の意見は本当に多かったという。私が取材させて頂いた双葉町役場・広報課の橋本氏の話によれば、震災直後は双葉町役場に対する怒りの電話が鳴り止まず、業務に支障をきたすレベルだったという。

＊13　この「高級なデパートから順番に断ってきた」エピソードは、郡山市内で日本酒ではなく甘酒のメーカーをやっている宝来屋さんの社長さんから伺ったエピソードを参考にした。震災当時は返品が相次ぎ、経済だけでなく心理的な打撃も受けたという。

＊14　福島県民が福島県民に対して「放射能」と言って差別する、というエピソードは信じ難いかもしれないが、放射能差別はあちこちであったと取材で何度も耳にした。

＊15　ここでの美月の言説は正しい。空間放射線量と言っても、実際に計測されているのは地面や壁に付着した放射性物質から放たれたものであり、空気中に放射性物質が飛散している状況は事故直後などごく限られた状況でしかあり得ない。

＊16　福島県民の感覚からすると、浪江町の方が原発に近く、ここでの高坂の美月に対する態度が非常に屈折したものであることがわかる。前述の通り、風向きの関係で放射線量だけなら飯舘村の方が高かったが、浪江町は原発の隣町である。

＊17　ビックパレットふくしま。郡山市内にある多目的ホールで5500人の収容人数を誇ったことから、震災直後は一時避難場所として利用され、2500人もの人が雨露をしのいだ。その後、県内各地に仮設住宅が整備されたことから一時避難所としては8月末に閉所している。

＊18　筆者がはじめて取材で福島を回った2016年も、震災から5年後とは言えまだ傷跡は生々しく、怒りや嘆きの言葉が多数聴こえてきた。筆者にとって衝撃だったのは、そのうちのいくつかは福島県民が福島県民に対して怒っている言葉だったことである。

＊19　ここでの真理の訴えは、筆者自身の訴えとほぼ重なる。取材の中でまず聴こえてきた言葉たちはひたすらに悲痛であり、痛く苦しいものばかりだったが、その裏側にある声を掘り当てることをしたいと考え、取材を続けた。執筆の最中も言葉の裏側について考え続けたつもりである。

＊20　この塩崎と真のやり取りはほとんど筆者の属する世界である演劇の作り手たちの言葉とリンクする。「仕事で」やってるのであり「アート作って」るんじゃ

ねえ。作家に「こだわり抜かれて、粘られて、困るのは」キャストやスタッフである。そして演劇には視聴率こそないが予算と観客動員数というシビアな数字を常に突きつけられており、我々もアートと数字の間で葛藤している。

*21 この台詞でようやく冒頭から登場している「老人」が元双葉町長、第一部にも出演し第二部では主人公まで務めた「穂積忠」であることがわかる。穂積忠には岩本忠夫氏という実在のモデルがおり、彼もまた元原発反対派のリーダーでありながら後に転向、原発推進の立場を取って双葉町長となった。この辺りの描写は第二部に詳しいのでそちらを参照されたい。

*22 「三万石」とは福島県内で絶大な人気と知名度を誇る老舗の菓子メーカーであり、最も代表的な菓子は「ままどおる」だ。「くるみゆべし」はくるみの入った餅菓子で人気で言えば第二位だが、筆者はこちらの方が好きである。

*23 この幻の人たちは老人の脳内に住む架空の存在である。彼の町役場の職員であり、同時に彼の青春時代や思い出を再現してくれる演じ手であり、さらには自我に語り掛ける別人格でもある。老人＝忠本人でありながら、彼を説得する会話相手でもあるのだ。

*24 本番では「ただのラジオ体操をフル尺でやる」という異常な演出を行った。はっきり言って退屈だろうが、その退屈さが老人の狂気を表してくれるのではないかと考えた。また本番では「よろしければお客様もご一緒に」というテロップを出してみたが、この原稿を書いている時点では果たして一体何人がこの気の狂ったラジオ体操に参加してくれるか、全く予想がつかない。

*25 「までい」とは福島県北部で用いられる方言であり、「ゆっくり」「ていねいに」「気持ちを込めて」などの意味がある。漢字を当てると「真手い」となり、きちんと手をかけるという意味が読み取れる。

*26 原発立地自治体の元町長が、原発事故後、狂気に陥り、誰もいない場所に向けて町長として演説をしている……というのはいかにも演劇屋が考えそうな設定だと思われるかもしれないが、これは岩本忠夫氏のご子息である久人氏から直接聞いたエピソードである。晩年の忠夫氏は病室で一人ぶつぶつわけのわからないことをつぶやいたり、町長のつもりで演説をしたりしていたと言う。

*27 ここまでの幻の人の台詞は第一部『1961年：夜

に昇る太陽』において19歳の忠が喋っていた台詞である。

*28 この辺りの幻の人の台詞は第二部『1986年：メビウスの輪』における44歳の忠が喋っていた台詞である。

*29 木鐸とは古代中国で法令などを広く人民に示すときに振り鳴らした、木の舌のついている大きな鈴。転じて社会の人々に警告を発し、教え導く人という意味で、新聞などマスコミは「社会の木鐸たれ」と言われたものであった。

*30 福島県民のソウルフード……と言うと言い過ぎなのだが、名物としてよく名前が上がる郷土料理。細く切ったスルメイカと人参をしょうゆ・酒・みりんなどに漬け込んだもの。爆裂に美味いというわけでもないが、他に名物がないのでよく名前が上がる。

*31 このセクションにはさり気なく、しかし実は複雑でトリッキーな文法上の工夫がある。六行前から真は福島訛りを丸出しで喋っていた。それは老人から頑なにインタビューを取ろうとする真理の姿勢にジャーナリストとしてある種の敬愛を抱き、彼女との間に友人的親密さを感じていたということを表している。しかし「無理に聞き出しても仕方がない」という真と「答えるまで聞き続ける」という真理の立場は最終的には決裂してしまう。すると真は心理的に距離を取り、ある意味非常に他人行儀な標準語で喋り始める、「君は双葉町に行ったことがあるかい」と……。福島弁で喋る＝プライベートで友人的であり、標準語で喋る＝パブリックで仕事的である、という使い分けを、福島弁を使って三本台本を書いてみてようやく使い分けられるようになった。

*32 ここで言っている「故郷のイメージ」は、原発事故後、実際に取材で入れてもらった双葉町のイメージももちろん入っているが、どちらかと言うと筆者自身の田舎である石川町のイメージが色濃く反映されている。野菜と果物が山のように取れ、風と緑が美しかった。もっとも石川町は原発から距離があったため、特に避難など被害は受けていない。

*33 「たかが報道に、そんなことができるんだろうか？」という真の問いは、そのまま「たかが演劇に、そんなことができるんだろうか？」と筆者自身の言葉として読み替えてもらって構わない。演劇を作る人間も、時に希望を抱き、しかし同時に絶望に苛まれている。

*34 取り寄せてる食材は全部県外、しかもそれを自慢気

に語られる……というこのエピソードは筆者自身が体験したものである。郡山に住んでいる叔母の元へ話を聞きに行った際、私としては風評被害に加担しないよう福島県産でも何でも食べるつもりだったのだが、当の福島県民である叔母自身が「県産はゼロ！」と自慢してきた。食べる側としては複雑な心境であった。

＊35　ホットスポットとは局所的に放射線量の数値が高い場所のこと。風の流れや地形などの影響で、距離が離れていても存在する。

＊36　震災および原発被害があって西日本まで逃げた人は少なくなかった。しかし「放射線を気にし過ぎではないか」という声に苦しめられ、喧嘩になったり、離婚したりした夫婦やカップルも珍しくなかった。

＊37　放射能測定器は瞬間的な数値を図るもの。ガラスバッジは常に身につけて、合計どれくらい被爆したか積算するためのもの。

＊38　これは会津・戊辰戦争ネタである。新政府軍を代表する山口県と幕府軍を代表する福島県は仲が悪いというのが通説だ。

＊39　実際問題、震災から8年が経つが、奇形や遺伝病などが発生したという情報や研究は全く出てきていない。

＊40　この「女性にだけ自宅待機命令が出た」というエピソードは、モデルとした大森真氏が実際に、テレビユー福島の報道部に所属する女性社員に対して自宅待機を命じたという話を参考にしている。爆発当初はそれほどまでに状況が見えなかったのだ。

＊41　「寝た子は、正しく起こせ」というこの言葉は、筆者が高校生の頃、恩師である川畑光明先生から教わった。被差別部落の歴史に関する授業で「寝た子は起こすな」と言ってその存在自体を教えない態度を批判する文脈で紹介された言葉だったが、正しく知ることで正しく差別を根絶するという考え方は福島への差別に対しても有効だと考えた。劇中では十二景の会話から真理が真から教わった言葉であることが伺える。

＊42　避難のストレスや環境の変化などによって亡くなったいわゆる「原発事故関連死」は1300人とも1600人とも言われる。

＊43　ここで高坂や「黒い人」らが言う内容は、取材先で聞いたことや、劇団員・大原の実母の体験談などをベースにしつつ、ツイッターなどウェブメディアで見聞きしたものも交えている。今でも「震災いじめ」

や「放射能 差別」などのキーワードで検索すると膨大に出てくるので、真偽については各々ご判断頂きたい。給油を断られた話などは実話である。

＊44 実際問題、確かに津波だけでも甚大な被害ではあったが、原発事故さえなければ本作で描かれているような悲劇の数々は生じなかった。本作に収録した言葉やエピソードも、あくまで原発事故があったからこそ生じた事象に限定して描いたつもりである。東日本大震災は戦後最大の悲劇の一つであり、そしてこれを本当に特殊な災害にしてしまったのは、やはり原発事故なのである。

＊45 大森真氏は実際に報道局長時代、マスクを着けて行事に参加する子どもたちの絵を中央キー局であるTBSテレビに要求されて断った。それは震災以前から、玉入れの際に玉が口に入らないようにマスクを着けていただけの光景を、あたかも放射能汚染を恐れて子どもたち全員がマスクをつけているように報道しようとしたTBSのスタンスに激怒したからである。詳しくは下記サイトの取材記事をご一読頂きたい。「【あの日から7年】福島のリアルを伝え続けたテレビマンは、なぜ村職員になったのか?「東京マスコミ」との戦いの果てに…」https://www.buzzfeed.com/jp/satoruishido/makoto-omori

＊46 ここで語られる荒島の挿話の内容は、主にクローズアップ現代・2017年3月9日放送の『震災6年 汐凪を捜して〜津波と原発事故 ある被災者の6年〜』という特集を参考にさせて頂いた。途中の車が津波に流されるエピソードは二階堂晃子著『悲しみの向こうに 故郷・双葉町を奪われて』の内容を参考にしている。また、途中の子どもとのお風呂のエピソードは、筆者自身の息子とのものである。

＊47 途中で歌う童謡『この道』は第一部の冒頭で歌われる曲である。また、聴こえてくる犬の声の主・モモは第二部の影の主人公だ。生と死を別つ境界をまたぐ彼女の存在は、三部作を繋ぎ止めている。

＊48 「チャンカー」とは「カーチャン」を引っくり返した俗語で、妻、うちのオカンの意味。福島の方言……というわけではなく、真のモデルにした大森真さんがよく使っていた言葉で、ご本人いわく「ジャズマンやバンドマンの間で用いられる業界用語のようなもの」らしい。

＊49 小田真理＝おだまり、という単純なダジャレではあるが、「絶対に黙らない」この登場人物が私は大変好きになった。福島三部作はこれにて終幕だが、いつ

か小田真理の登場する続編を作ってみたいという気持ちがある。

*50　本編ではサックスがメインのジャズ曲を多く使ったが、それはモデルとした大森真氏が本当に趣味でジャズサックスを吹いているからである。これがかなりの腕前であり、筆者も何度も演奏を聴いた。と言うかほとんど、２０１６年11月に行った最初のインタビューと２０１９年７月に行った最後のインタビューのとき以外は、彼のサックスを聴きに行くついでに震災や報道について話したことの方が多い。曲に『スマイル』を選んだのは、私の親しくしているプロのジャズサックス奏者・福島健一氏のアドバイスである。「別れ、だけど悲しくない、むしろ明るく送り出す……、そういうとき、ケンさんだったら何を吹く?」と訪ねたところ、「俺なら『スマイル』とか吹いちゃいますね」と明るく軽く答えたのが印象的だった。歌詞の内容の明るさがまた、この三部作を締め括るのにふさわしいと思った。「笑って　胸が張り裂けそうでも／笑って　胸が壊れそうでも／空が曇っても　君はやっていけるさ／笑って　怖いときや悲しいときこそ／笑って　そうすればきっと明日／太陽は君に輝くさ」……。福島の空は今もまだ曇り空だが、笑っていれば太陽はまた輝くだろう。

本作品の内容や上演に関するお問い合わせは、〈info@dcpop.org〉までお寄せ下さい。

## ■上演記録　DULL-COLORED POP 第二十回本公演

二〇一九年八月八日㈭～二十八日㈬　東京芸術劇場シアターイースト
二〇一九年八月三十一日㈯～九月二日㈪　大阪 in→dependent theatre 2nd
二〇一九年七月六日㈯～七日㈰／九月七日㈯～八日㈰
いわき芸術文化交流館アリオス小劇場

■スタッフ

作・演出　谷　賢一
美術　土岐　研一
照明　松本　大介
音響　佐藤こうじ（Sugar Sound）
衣裳　友好まり子
舞台監督　竹井　祐樹（StageDoctor Co.Ltd.）
演出助手　美波　利奈
演出部　澤田万里子
方言指導　大原　研二
照明操作　和田東史子

宣伝美術　ウザワリカ
制作助手　柿木　初美（東京・大阪公演）　徳永のぞみ（東京公演）　竹内　桃子（大阪公演）
制作　小野塚　央

音響操作　今里　愛（㈱エスエフシー）
　　　　　吉村日菜子（Sugar Sound）
映像協力　松澤　延拓
演出部協力　内藤　裕也
小道具　高津装飾美術　天野　雄太　西村　太志
大道具製作　C-COM 舞台装置
小道具製作　清水　克晋（第二部）
運搬　マ イ ド
スペシャルサンクス　藤田由紀彦　菅野　將機

東京公演・助成　アーツカウンシル東京（公益財団法人東京都歴史文化財団）
　芸術文化振興基金
　セゾン文化財団
大阪公演・助成　芸術文化振興基金
福島公演・主催　いわき芸術文化交流館アリオス
東京、大阪公演・主催　合同会社DULL-COLORED POP

■**出演**

【第一部】
東谷　英人
井上　裕朗
内田　倭史（劇団スポーツ）
大内　彩加
大原　研二
塚越　健一
宮地　洸成（マチルダアパルトマン）
百花　亜希
（以上DULL-COLORED POP）
阿岐之将一
倉橋　愛実

【第二部】
宮地　洸成（マチルダアパルトマン）
百花　亜希
（以上DULL-COLORED POP）
岸田　研二
木下　祐子
椎名　一浩
藤川　修二（青☆組）
古河　耕史

【第三部】
東谷　英人
井上　裕朗
大原　研二
佐藤　千夏
ホリユウキ
（以上DULL-COLOEED POP）
有田　あん（劇団鹿殺し）
柴田　美波（文学座）
都築香弥子
春名　風花
平吹　敦史
森　準人
山本　亘
渡邊りょう

# 演劇は娯楽か、メッセージか？　あるいは……

私の母は福島の生まれで、父は原発で働いたこともある技術者だった。つまり私の中には、原発事故によって故郷を追われた側と、原発事故を起こした側、二つの血筋が流れていることになる。２０１１年の３月12日に福島第一原発の原発建屋が水素爆発を起こして以来ずっと、原発事故にまつわる「なぜ」を演劇にしたいと考えてきた。なぜ原発はあんな田舎、福島県の浜通りになんて建てられたのか？　なぜ安全神話はあんなにも強化されてしまったのか？　なぜ日本は脱原発できないのか？　なぜ原発事故は起きてしまったのか？

２０１６年の７月から書籍や新聞・インターネットによる資料調査を開始し、11月には現地入りして約２週間のフィールドワークとインタビューを行う第一回現地調査に着手し、翌年５月にも３週間に渡る現地調査を行い、取材を重ね、構想を練った。取材開始当初から到底一作に収まるボリュームではないだろうという予感があったから、福島と原発の50年の歴史について、三人の兄弟の視点を通して概観する三部作というスタイルを構想した。第一部は原発誘致の内幕と意思決定に関する問題、第二部は反対派から推進派に変わった町長の葛藤と死者の声、第三部は震災後の分断と対立、そして〝伝えること〟にまつわるテレビマンの苦悩をテーマとした。それぞれのモデルやモチーフについては脚注で詳しく論じてあるのでそちらに目を通してみて欲しい。

巻末の演劇エッセイとして担当編集者の倉田さんから、本編・本題から少し離れて「演劇は娯楽か、メッセージか」というお題はどうだろう、と提案された。興味深い問い掛けだし、少し前の自分ならそのことについて長弁舌を振るったことだろう。何せ主催する劇団の名前がDULL-COLORED "POP"、ポップであること、娯楽であることを標榜するような劇団名であるから、ポップアートとファインアートの関係については一家言あり、いくらでも喋っていられる。しかし今は、福島三部作を一挙上演・連続上演してみて随分、意見が変わってしまった。

演劇は娯楽ではない。娯楽的に観る人がいても良いし、娯楽だけを目指して作られる演劇があっても良いが、演劇という芸術の本質はそう簡単なものではない。作り手側の作戦として、劇全体に親しみを持ち、より集中して見てもらうために娯楽的な要素を用いることは多々あるが、それにしても私にとっては娯楽そのものが目的であったことは一度もない。丁々発止の会話や登場人物の葛藤・転身にスリルや面白みがあり、娯楽としても楽しめる……という場合は確かに多くあるが、あくまでそれは副産物である。純然たる娯楽を求めるならば、漫才でもコントでも観ていた方がよほどクオリティも高いし楽しめる。現代ならテレビショウでもネット番組でもゲームでも構わない。娯楽は溢れ返っている。

そして演劇はメッセージでもない。演劇とは何か固有のメッセージを伝えるものではなく、あるテーマにまつわる登場人物たちの対話や葛藤を示すことで、観客自身が考えを進める、観客自身が気づきを得ることを手助けするものである。何かの問題について答えを教えるものではなく、問題があること自体を提示し観客に考えてもらうことが演劇なのだ。こういった演劇というメディアの仕組みをよく理解しないまま「強いメッセージ性」とやらを持った演劇を作ってしまうと、やたらと説教臭い、説明口調の作品が出来上がってしまう。私は真面目な演劇は大好きだが、そういったメッセージ性ばかり強い説教臭い演劇は大嫌いであり、反吐が出る。

この福島三部作でもたまに「谷さんは何を伝えたかったのですか」と尋ねる記者や観客がいたが、この質問自体がナンセンスであり、演劇の機能を理解していないのだ。伝えたいものなんかない。あるとしたら、描きたい矛盾や葛藤があるだけだ。それを見た観客が自らの頭で導き出す答えには価値がある。私としてはこの福島三部作に描き込んだ様々な対立や矛盾・葛藤を通じて観客が考えを深め、脱原発や鎮魂といった思いを強めてくれたら嬉しく思うが、直接的にそれらを叫ぶ・伝えるような演劇には興味がない。私にも政治的・学問的主張がないわけではないが、そんなものより芸術という営みはもっと尊く、上位に位置しているのだ。

ここまでに書いたようなことが、福島三部作を手掛けるまでの私にとっての演劇的意見であった。これらの考えは放棄されたわけではないが、三部作連続上演を手掛けてみて新たな思いがわき、私にとって演劇の見え方はまるで変わってしまった。

では今の私にとって演劇とは何なのか、と尋ねられれば、演劇とは儀式であると答える。今回上演した三部作において、最も演劇的と思われた瞬間はいずれも儀式的な瞬間であった。そして演劇の歴史的に言っても上演の構造的に言っても、演劇とは儀式であるというのは最も間違いの少ない説明であるように思われる。

第一部『1961年：夜に昇る太陽』は、防護服姿の男が朽ち果てた民家に舞い戻り、古びた段ボール箱を開けるところから物語が開幕する。誰も住まなくなった家、打ち捨てられた家具たち、消えかけつつある人の気配、そして思い出を封じ込めた段ボール箱という存在。いずれも失われてしまったものへの追悼や祈祷を孕んでいる。防護服の男が現れた瞬間、劇場の空気が変わる。失われてしまった故郷、もう足を踏み入れる者のない家屋、かつてそこに住んでいた家族の笑い声に観客は思いを馳せる。死んでしまった者に思いを馳せることが追悼であり、愛に満ちた眼差しで部屋を眺め懐かしく段ボール箱を開封することは儀式である。観客全員が失われてしまったものに思いを馳せながら、思い出を掘り返すという儀式に参加することで、第一部は幕を開ける。

第二部『1986年：メビウスの輪』の幕開けは第一部より直接的に儀式的だ。冒頭で死んでしまうモモという犬の存在と、その死を悼む人々の嘆きの声が劇全体の基調を形作る。もともと死から始まる物語を書いてみたいという意図があって作ったのが第二部だった。愛犬の死という喪失を共有し合うことでこの物語は始まり、徹頭徹尾、死者の視点と死者の声が劇に介入し続ける。観客はいつの間にか、１９８６年を生きた人間の視点よりもむしろ、死んでしまった犬・モモの視点から物語を眺めるようになる。その場にいるが生者たちに声も手も届かない……という意味では観客は、死してなお人々を眺め続ける愛犬・モモと同じような存在なのだ。これは上演での話だが、劇のラストで美術として用いた数百個の電球がうすぼんやりと点く中で死せる犬のモノローグに耳を澄ませるのは、極めて儀式的な時間であった。

第三部『２０１１年：語られたがる言葉たち』における儀式性については詳述は不要だろう。第三部の冒頭は東日本大震災の地震の再現から始まり、そしてその犠牲となった「死者たち」による詩のような、呪詛のような言葉が延々と続く。「私たちは死にたくなかった」というストレートな言葉を劇場で浴びる度、身の毛のよだつような思いがしたものだ。無念にも死んでしまった人たちの魂と面と向き合うような感覚があり、それはまるで……例えばお墓の前に立ったときや、大勢の人が死んだ事故のあった場所を訪れたときに感じる背筋の冷たさとほとんど同質のものである。目の前の舞台上に死者たちの魂を呼び覚まし、劇場全体でその声に耳を澄ませる。その瞬間、劇場を支配している空気は娯楽でもメッセージでもなく、まさに儀式そのものである。

西洋演劇の始祖の一つであるギリシャ悲劇では、上演の前に山羊を殺してディオニュソスの神に捧げることを習わしとしていたそうである。また日本の能狂言の元祖である猿楽も神社に奉納するものであり、祈祷や呪術と隣接するところがあった。なぜ全員で山羊を殺し、神に祈る必要があるのか？　これは恐らく同時発生的なものであり、卵が先か鶏が先かのような議論になってしまうが、卵が先の議論をすれば、かつて儀式として山羊を殺して舞いを舞ったり神話の再現をしたりしているうちに、それらが洗練されて演劇として成立していったからとも言えるし、鶏が先の議論をすれば、全員で同じ儀式をする、すなわち全員で目に見えないものを共有することによって演劇行為は生じる、スタートするとも言えるのだ。

恐らくどんなタイプの演劇でも——例えば「沖縄の海の家で繰り広げられるドタバタ人情喜劇！」のようなものでさえも、儀式に等しい時間はある。とは言えこの場合もちろん山羊は殺さない。全員で暗転を感じ、咳払いを済ませたり椅子に座り直したりした後、舞台上に灼けつく陽光が差し込み、セミの鳴き声が聴こえ、「ここは南国の海の家である」ということが沈黙のうちに了解される瞬間、全員が目に見えないものを共有し、思いを一つにする。ここにおいて見えない山羊は殺され、演劇という儀式が始まる。この空間でのルールが共有され、全員の協力により、語られる物語が共同幻想として育てられ始めるのだ。

今回、私が演劇＝儀式などというかしこまった考えに至ったのは、三部作がそれぞれ死者や失われたものをモチーフにしているからというだけではない。もっと実際的な理由もあるのだ。今回、三部作を作るに当たってなるべく演劇的に違うスタイルを取り入れるよう心掛けた。第一部では冒頭の汽車の見立てや童謡・歌謡曲・ジャズなど音楽の多用、人形劇の導入、クライマックスでの絶叫芝居などがそれに当たる。第二部では犬の人形振り、犬の霊によって踊られる似非コンテンポラリーダンス、座卓を囲む和モノ座り芝居、最後のミュージカルなどが凝らした趣向だ。第三部では音響をフルに使った冒頭の地震の演出、死者たちの詩の群読、詩情も韻律もない簡素な現代口語の台詞、ただ「語る」ことだけをするクライマックスでの荒島のモノローグなどがそれに当たるだろうか。いずれにせよ質的に相当異なるスタイルや趣向を持ち込んだつもりでいる。

それを一挙上演・連続上演で続け様に観ていると、頭がついていけないことがあるのだ。例えば第一部を観ていて第一部における演劇の約束事を飲み込み、馴染み切った後、第二部を観始めたとき、第二部における演劇のルール・文法・約束事を提示されてもギャップを感じて、飲み込むのに時間がかかるということがあったのだ。これは単独で第二部を観るときに感じるよりも遥かに大きなギャップなのである。第一部における儀式のルールと、第二部における儀式のルールが異なることに理由がある。時間をかけて培った第一部の演劇的・儀式的空気が濃ければ濃いほど、第二部における演劇的・儀式的空気が満ちるのに時間がかかる。

演劇はあらゆる意味で儀式に似ている。全員がルールを共有しているということや、そのルールを見様見真似で飲み込んでいくこと、一度定着したルールは覆せないということなどが特に似ている。例えばお葬式。そこでは全員が同じ厳粛さを持ち、同じ導線を通って出入りし、同じ場所でお辞儀をして同じ場所に列を作る。初めて葬式に参加した者でも、前の年長者がやっているやり方を見て、見様見真似でお焼香のやり方を覚え、自らそのルールに則って振る舞う。全員が線香でお焼香をしている状況下で、誰か一人だけがロウソクを使って死者を弔おうとしてもそれは許されない。演劇もこれと同じであり、全員が「ここは1961年の常磐線の車内だ」「下手前にホームへのドアがあり、上手に隣の車両へのドアがある」ということを理解し、そのように演劇を観る。この作品においては子どもは人形を使って表されるということ、一人二役であることなどが厳粛なルールとして共有されるが、その強固なルールが破られるとき（着替えが間に合わない、それまで生きていた人形が物のように扱われるなど）には、笑いが生まれる。演劇を初めて観た者でさえ、見えないドアや壁の存在を見様見真似で飲み込んでいく。そうして少しずつ同じルール、同じ儀式を共有していくのだ。

一つの儀式に馴染んだ後で、別の儀式に参加すると初め、違和感を覚える。仏教式の葬式に馴染んだ人が、キリスト教の葬式に参列すると当初どうしていいのかわからないのと同じだ。本作品群で言えば、基本的に会話で描かれていた第一部の規則に慣れ切った後、第二部の冒頭でいきなり観客へ直接語り掛けるモノローグを浴びせ掛けられると一瞬違和感を感じる。観客に直接語り掛けるという行為は、本作品群において、犬と死者たちにしか許されておらず、第二部では全編を通じて行われるが、第三部ではほんの一部でしか行われず、第一部では一切行われない。これはそれぞれの作品が違う規則の下で行われる儀式だからである。

そうして全員で細かい祈りや振る舞い、規則を積み重ねていった先に、演劇的なカタルシスが訪れる。例えば第一部ラストの孝と美弥の絶叫は、徐々に高められていき劇場を満たしていった演劇的熱量によって支えられている。突然あのシーンから始めるわけにはいかないのだ。第二部ラストでモモが観客に「これが人間というもんですか」と尋ね、その言葉が胸を打つのは、犬が喋るということ、観客に直接語り掛けるということ、人間とは違う思考様式を持っているということなど様々な規則を全員が共有し育んできたからだ。第三部ラストの荒島の語りは、誰もが口数多く語りたがる中で一人だけ頑なに語らないという前提が共有されていること、それまでの語りが皆どこかセルフィッシュで傲慢であったのに対して極端に謙虚で愛に満ちていることなどから差別化されているし、それまでが群像劇であり群読など大仰な演出が多用されていたからこそ、一人の人間がただ語る、というシンプルさが胸を打つのだ。

演劇は儀式であり、言葉は祈りである。第三部ラストで、ただただ幾万の「言葉の洪水」を聞いているときに、私はどうしようもなく神秘的な空気を感じた。儀式のやり方は無数にあるが、一度始まった儀式は全員で遂行される。

福島三部作・一挙上演は、筆者の主宰する劇団DULL-COLORED POPによって2019年7〜9月に福島・東京・大阪の三都市で上演され、小劇場劇団の公演としては異例となる延べ人数一万人を超える観客動員を記録した。それはつまり、延べ一万人がこの儀式、この祈りに参加したということでもある。2時間の芝居に一万人が参加し、つまり2万時間分の祈りが捧げられた。スタッフ・キャストの人数や、稽古中の時間も含めればこの時間はさらに多くなるだろう。

東日本大震災とそれに付随した福島第一原発事故は、被害にあった人数や残した禍根の大きさなどから考えても、間違いなく戦後最大の人災である。この戯曲が福島の悲劇を記録し語り継ぐことに、少しでも貢献できることを祈っている。

二〇一九年九月

谷　賢一

［著者略歴］

谷 賢一（たに・けんいち）

1982年福島県生まれ、千葉県育ち。劇作家・演出家。劇団DULL-COLORED POP主宰。明治大学演劇学専攻。在学中にイギリス留学し、ケント大学演劇学科に学ぶ。帰国後、劇団を旗揚げ。文学性や社会性の強いテーマをポップに表現する。
2013年、海外戯曲「最後の精神分析 フロイトvsルイス」の翻訳・演出で第6回小田島雄志翻訳戯曲賞、文化庁芸術祭優秀賞を受賞。
2020年、「1986年：メビウスの輪」（「福島三部作」第二部）で第23回鶴屋南北戯曲賞を受賞。「福島三部作」で第64回岸田國士戯曲賞受賞。
著書に『従軍中のウィトゲンシュタイン（略）』（工作舎）、『戯曲 福島三部作』『演劇』（而立書房）、『人類史』（白水社）。

戯曲 福島三部作　第一部「1961年：夜に昇る太陽」 第二部「1986年：メビウスの輪」
第三部「2011年：語られたがる言葉たち」

2019年 11月10日 初版第1刷発行
2020年 11月10日 第2刷発行

著 者 谷 賢一
発行所 有限会社 而立書房
東京都千代田区神田猿楽町2丁目4番2号
電話 03（3291）5589／FAX 03（3292）8782
URL http://jiritsushobo.co.jp

印刷・製本 中央精版印刷 株式会社

落丁・乱丁本はおとりかえいたします。

ISBN 978-4-88059-416-3 C0074

谷 賢一　　2020.3.20 刊
四六判上製
272 頁
本体 2000 円
ISBN978-4-88059-418-7 C0074

## 演 劇

福田恆存の評論「人間・この劇的なるもの」を土台とし、卒業式をめぐる学校内の軋轢を描いた「演劇」、現実を打ち破る強いフィクションを指向した虚構劇「全肯定少女ゆめあ」他、豪華三本立て戯曲集。劇団 DULL-COLORED POP の作品リストも付録。

---

中村敦夫　　2018.10.20 刊
四六判並製
128 頁
本体 1200 円
ISBN978-4-88059-411-8 C0074

## 朗読劇 線量計が鳴る

「木枯し紋次郎」で知られる中村敦夫さんが、原発立地で生まれ、原発技師として働き、原発事故ですべてを失った老人に扮し、原発の問題点を東北弁で独白！
原発の基礎から今日の課題までを分かりやすく伝える朗読劇。

---

池内 了　　2019.2.25 刊
四六判並製
272 頁
本体 2000 円
ISBN978-4-88059-412-5 C0040

## 原発事故との伴走の記

福島原発事故以来、書き継がれてきた著者の原子力に関する発言を一挙収録。放射能との付き合い方、再生可能エネルギー、脱原発を決めたドイツの挑戦と困難、廃炉のゆくえ、などなど。原発事故を文明の転換点として捉えなおす道筋をしめす。

---

永井 愛　　2018.7.25 刊
四六判上製
120 頁
本体 1400 円
ISBN978-4-88059-408-8 C0074

## ザ・空気

人気報道番組の放送数時間前、特集内容について突然の変更を命じられ、現場は大混乱。編集長の今森やキャスターの来宮は抵抗するが、局内の"空気"は徐々に変わっていき……。第 25 回読売演劇大賞最優秀演出家賞、同優秀作品賞・優秀女優賞受賞作。

---

宇吹 萌　　2020.10.30 刊
四六判上製
256 頁
本体 2000 円
ISBN978-4-88059-424-8 C0074

## THE BITCH ／名もない祝福として

オカルト、少女趣味、現実の社会問題も巻き込んで、独特の演劇空間を構築する演劇企画 Rising Tiptoe（宇吹萌主宰）。活動 15 周年を記念して、第 3 回宇野重吉演劇賞優秀賞を受賞した戯曲「THE BITCH」ほか 1 篇を書籍化。

---

ノエル・カワード／福田 逸 訳　　2020.9.10 刊
四六判上製
288 頁
本体 2000 円
ISBN978-4-88059-422-4 C0074

## スイートルーム組曲 ノエル・カワード戯曲集

20 世紀英国を代表する才人が最晩年に執筆・上演し、"自身最上の舞台"と絶賛した「スイートルーム組曲」。高級ホテルのスイートルームで、熟年の夫婦・愛人・給仕たちが織りなす、笑いあり涙あり、至言・名言が飛び交う極上の人間ドラマ。